陪你到时光深处

吉诺 著

Stay

With

You

Forever

YSP 北京燕山出版社
BEIJING YANSHAN PRESS

目　　录
CONTENTS

Chapter 一

相逢在路上，相遇在心底

Chapter

二

我把远方送给你

Chapter 三

成为像自己那样的人

Chapter 四

分别不要落泪

Chapter 五

时光会记得你我

Home
is where

序一

◆ 你们好吗，我亲爱的陌生人？

第一本书《你好，我亲爱的陌生人》出版后，很长一段时间里，我都没写任何东西。

不是不想写，而是不敢写。

其实有好多好多的事情想跟大家分享：第一次出书时的兴奋啦，看到大家晒书时心里美得冒泡啦，在书店臭不要脸地跟店员打听自己的书卖得怎么样啦……哪怕几个月后新书成旧书，生活里也有那么多的新鲜事，可以跟你、跟他、跟老朋友们来聊聊。

可是想倾诉的东西多了，反倒不知道该从何说起。生怕起了个随意的头，就破坏了真实的情感。就像买了一件巨贵的西装，总要选个合适的场合，再配双锃亮的皮鞋，搭着帅气的发型、洁白的衬衫和闷骚的领带，才敢穿出门，才对得起它的价格。

如果说第一本书是个美丽的意外，不管结果好坏，我都可以坦然接受，那么从第二本书开始，我就要对自己的作品和读者负责了。

所以当我真正开始写第二本书的时候，我发现：天啊，我写啥啊？

世界真的是一个圆，许多事情都不断循环再循环。

我在电脑前，愁得抓耳挠腮，Word 文档里却仍然一个字都没蹦出来。这种情况，似乎在写第一本书的时候也出现过。

只不过那时候是脑袋空空，而这次是想法太多。

我承认我有点“飘”了。还记得第一本书完稿后等待出版的日子里，我心里有那么多的不安，生怕任何一个小小的变故就把我的书给弄没了。我跟朋友们说，等这书出版了，哪怕只卖几百本，我也会开心到落泪。毕竟这是出书啊！是正规出版社的正规印刷读物啊！哪怕就那么几个人读过，哪怕出完之后就没有第二本了，对我来说，这也是一段宝贵的人生经历啊！

不知道从什么时候起，我把出书这事儿看得越来越重。有了思路的时候，会先考虑一下读者爱不爱看，是否迎合市场，话题热不热，讨不讨人嫌。还没开始写，就先幻想起销量：能不能大卖啊，书店铺货多不多啊，要办几场签售啊……这些有的没的的想法就跟浴室里的头发丝似的，积少成多，把我的思路给堵住了。

想得越多，就越着急，就越写不出自己想要的东西。这一拖，一年又过去了。

烦躁的时候，我会看看老朋友们给我的书评。鼓励也好，批评也罢，都让我觉得心里暖暖的。偶尔也看微博私信，听那些熟悉的人、陌生人讲他们的故事。如果我经历过，也会说说自己的看法。然后没过多久，那边就会回复："真的回复我啦，好感动啊，好喜欢你，期待你的下一本书啊！"

于是我就会很开心，比拿到稿费还开心，比用稿费买了个名贵的包还开心。

我忽然想到，除了一开始认识我的老朋友，也有些新朋友是通过《你好，我亲爱的陌生人》认识我的。他们是抱着什么样的想法，才会在那么多本书里选择了我的呢？我有没有辜负他们的选择呢？

我又想起了自己写第一本书，在要放弃的时候，兔兔对我说："你有你的温度，不要怀疑自己好吗？"

是啊，我干吗要怀疑自己呢？内容时髦不时髦有什么关系？是不是畅销书又有什么关系？得不到诺贝尔文学奖，我买条暖贝儿秋裤奖励自己。

对嘛，做自己就好啦！我还是那个不会熬鸡汤，只想跟大家分享生活的十八线小作者。只不过这次，我希望通过这本书，让读者感觉到我的进步，让大家觉得，自己没有白白等待。在我这些杂七杂八的文章里，哪怕有一篇，能让人嘴角上翘，或者红了眼眶，那就足够了。

你们好吗，我亲爱的陌生人？我回来了！

序二

◆ 欢迎收听《孔雀电台》

你好，这里是 NJ 吉诺的《孔雀电台》。

上期节目似乎就在几天前，却感觉过了好久。就像正在播放的这首歌，听起来熟悉，却怎么也想不起它的名字。

昨天早晨，这里预报了一场暴雨，播音员语气浮夸，仿佛整个城市将被淹没。下班的时候，果不其然，下起了雨。阴云密布的时候，人们格外渴望回家。红绿灯闪闪烁烁，行人匆匆忙忙，街角的那个报摊，也提前打了烊。

我撑了一把格子小伞，慢腾腾地走在路上。突然想起书里的一个故事：森林着火的时候，其他动物都仓皇逃窜，只有孔雀不慌不忙。

“急什么呢？”它说，“我才不要弄乱羽毛。”

孔雀好傻，它怎么可以为了臭美，放弃自己宝贵的生命呢？

可是如果孔雀觉得，它的美丽，比生命更重要呢？

真是个任性的家伙，我却非常喜欢。

世界上有很多被遗忘的承诺，垃圾箱里装满了被抛弃的坚持。单纯去守护自己认定的珍宝，像孔雀守护美丽，野猫守护自由，泰迪守护情欲，这不是很难得的事吗？

哪怕所守护的宝物，并不被所有人认可。

喜欢孔雀的人欣赏它华丽的羽毛，讨厌它的人却只盯着它光秃秃的屁股。那又怎样？孔雀开屏不是给谁看，它只是想炫耀自己的美丽。哪怕身陷囹圄，被烈火焚烧，只要还有羽毛，就可以随时绽放。

有一瞬间，好希望自己，还有你们，都可以做只骄傲的孔雀，哪怕世俗的火苗再旺，也要骄傲开屏。

给丘比特的信

在威尼斯迷路

佛罗伦萨（消失的流浪歌手）

生活在传说中的绅士们

成家

带老妈旅游

你又不是不会说话，说句谢谢会死吗？

声音

天生为敌

Chapter㊀

◇

相逢在路上，相遇在心底

天生为敌

我向来对“一见钟情”嗤之以鼻，感情这东西就像耳屎，累积很久之后挖出一大坨，那才有成就感。哪有人第一次见面就爱到死去活来、惊天动地啊？又不是饿了十天的狗看到骨头，穷了一个月的人发了工资，真那么容易陷入情网，赶紧用爱去发电吧！

但我却特别相信“一见就恨”。这世界上真的有些人是彼此天生为敌的。你遇到他，或者他瞧见你的第一眼，就有种来自内心深处、灵魂底部的、无法言说的膈应，仿佛是洁癖小学生遇到鼻涕怪同桌，文艺少女邂逅死宅青年。似乎身上的每一个细胞都在对你大吼：你这个人！怎么这么让人讨厌！

这种讨厌可能不因为任何事，也可能因为每件事。长指甲、头皮屑、大舌头、臭脚丫、青春痘、坏脾气，讨人厌！头发长、眼睛大、皮肤白、说话嗲、肌肉多、超有钱，也讨人厌！

总之，你的缺点我讨厌，你的优点我也讨厌！你的存在，我讨厌！

就这么任性，没任何理由。

我之所以对这事这么坚信，是因为亲身经历过。十八年的人生里，我没遇过几回“一见钟情”，“一见就恨”却数不胜数。幼儿园的胖老师，小学的班主任，隔壁班的王老二，我二舅妈……总是莫名其妙地看我不顺眼！胖老师不给我发零食，班主任让我挨着鼻涕怪，王老二总想打我，二舅妈看到我就翻白眼。

天地良心，我什么都没干啊！

而最近对我一见就恨的人，好吧，也许某天他会看到，但我还是要说，我亲爱的领导，他不喜欢我。

不，不是不喜欢我，是讨厌我。

这事儿可伤心了。要知道：第一，我这么一个小甜心，怎么会有人不爱我呢？第二，我爱我的领导，他怎么可以不爱我呢？

我怎么看出他讨厌我的呢？首先，跟其他人打招呼的时候，领导总是笑眯眯的，有时还会聊上几句家常。而每次遇到我，这大叔都是面无表情，最多点点头，说声“嗯”“哦”“啊”，仿佛我是只臭鼬，熏得他张不开嘴。其次，有重点项目绝不让我参与，宁愿把机会给楼下的看门大爷。日常工作，做好了没奖励，做不好，当众臭骂，恨不得跟全世界的人宣称我是个废物。最后，不让我出差。对我们来说，出差是种福利，代表着领导喜欢你，想让你出去放松一下。虽说表面上看，是大家轮着来，可实际上，越受宠的同事，出差次数越多。而我，一个工作了六年的员工，却一次差都没出过。

哦，除了那次坐大巴车去城郊半日游。

刚工作那阵子，我还没被职场磨灭激情，还是朵纯洁的小白莲。那时候我经常想，领导不喜欢我，是不是因为我不够努力呀？肯定是领导对我期望太大，故意磨炼我呢！不行，领导这么器重我，我得好好工作才行，一定要做出成绩，让他刮目相看！

现在想想，我怎么那么蠢啊？哪怕我天天加班，看各种资料充实自己，把每项任务都做得漂漂亮亮，跟所有同事好到穿一条裤子，可到了领导那里，我总有地方让他不满意。

时间久了，我有些灰心，却也没放弃。我总想着有一天，能凭自己的才貌，成为领导的小甜心。直到有一天，我的偏头痛犯了，半夜又晕又吐，甚至打 120 去了急诊。经过检查，颅压过高，需要卧床休息几天。第二天早晨我给这位领导打电话，战战兢兢说明情况，表示想休息一天。

“啧，你怎么那么多事儿啊？”这是这个领导唯一说的一句话，然后把电话挂了。

那一瞬间，我听着电话里的嘟嘟声，忽然就明白了：有些人，不管你再怎么努力去争取，他该讨厌你还是讨厌你。

我就像一颗大榴莲，爱我的爱我到死，不爱我的嫌弃我如屎。

微博上一位老朋友 A 子也遇到过类似的事情。A 子实习的时候，她的女领导就总是找碴儿，无故对她发火，骂脏话，把她的杯子丢到地上。A 子毕业后进入公司，成了正式工，也正式进入了地狱。这个女领导可能幻想自己是穿 Prada 的女魔头，日常以羞辱人为乐，对 A 子更是变本加厉。骂她蠢，嫌她骚，还公然对她说:“我是领导的亲戚,我看谁不顺眼,就一定会把那个人挤兑走,你识相点，自己辞职吧。”

A 子被气哭了好多次，但因为工作难找，只得一忍再忍。

说实在的,看到 A 子的私信后,我一边气到炸,一边暗自庆幸。我觉得跟这个女魔头比起来，我那个领导简直是个佛，好歹他想骂我，还要找个借口呢。

“我该怎么办？”A 子问我。

“骂就还口，打就动手，她再欺负你，直接大嘴巴子抽过去。”我说。

“可是，真的因为这个丢掉工作怎么办？”A 子犹豫。

“那就再找，这只是一份工作而已，薪水还买不起你的自尊吧？”

我劝 A 子的话，也是当时我对自己说的。这只是一份工作而已，我出卖我的时间，出卖我的劳动力，但我不想出卖我的自尊。如果一次次热脸换来的只有臭烘烘的冷屁股，那么对不起，以后我也只会还你一个冷脸。

从那以后，我见到我的领导，也当作没看见，再也不主动打招呼。他给我的工作，合理的我会去做，不合理的我直接拒绝。他批评我，有错误的我改正，纯找碴儿的我转身就走。既然已经撕破了脸，又何必互相给脸呢？有人说我任性、幼稚，拿得罪人不当一回事。我却觉得爽翻了，我没指望着靠这份工作升官发财，走上人生巅峰，既然委曲求全没有任何作用，那么为什么不能任性地做自己呢？

我想告诉A子，以及所有遇到过类似情况的朋友，面对这种自带恶意的人，不要幻想用努力去打动他，他不会改变对你的态度。他所期待的，永远不是你优秀的样子。你泪流满面、委曲求全、狼狈不堪，才能让他觉得很爽，甚至在被窝里都能笑醒。对付这种人，最好的方法就是让自己过得快乐。你找我碴儿，我就怼回去；你说我骚，我就花枝招展；你想让我不快乐，我就天天笑给你看。

与其浪费时间，让一个不喜欢你的人去喜欢你，不如用同样的精力去讨好那些喜欢你的人，至少还会有收获。更没有必要因为某些人不喜欢你，就怀疑自己。

你要记住一句话：他们不喜欢你，不是因为你不努力，只是因为他们不懂得欣赏。

声音

其实很多朋友最开始认识我，并不是通过我的文字，而是我的声音。

大一的时候，我有一天在论坛上闲逛，发现一张招募帖：招网络配音爱好者。当时的我正好每天都很闲，便报了名，就这么稀里糊涂地玩起了配音。

说起来，到现在已经有十年的时间了。

十年里，前面的一两年基本在一些广播剧里跑跑龙套，配个小兵甲、路人 A，或者是配角的媳妇儿的弟弟之类的。慢慢地，才有了自己的主役剧。网络配音虽然是一群因为共同的爱好聚在一起的人，没有收益，但分工明确，等级森严，所以也有大神和小虾米的说法。大神配的剧，往往刚发出来，下载量就一个劲儿地上涨，帖子瞬间翻好几页，有赞美的，有提建议的，当然也有酸的，有黑的。不过甭管正面负面，都是有关注度的。小虾米的剧就可怜多啦，热热乎乎出炉，等了三四天都放凉了，才有那么十几个留言，有一半还是剧组自己人刷的。

不过那时也没太在乎这些，几个好朋友，喜欢同一本小说，就找作者要了授权，招募编剧、后期、美工、配音，风风火火、有滋有味地把它做成广播剧。哪怕最后没什么人支持，自己听着成品也能傻乐好久。

要说图什么，不就图一乐吗？有什么值得不值得的？做自己喜欢的事儿，谁会计较成本呢？

后来玩着玩着，逐渐有了一些喜欢我声音的朋友，他们亲切地管我叫漠漠。当然，也有一些讨厌我声音的朋友，他们不亲切地嫌我的声音“娘娘腔”。

哼！

2008年，在某个不出名的网络电台上，我有了自己的音乐广播节目。每周五晚上，大家可以通过邮箱点歌，送祝福，有时我也会请一些相熟的，或不相熟但在节目上假装相熟的嘉宾，一起聊聊天，玩玩游戏，常常把半个小时的节目拖到一两个小时，让后面的NJ恨得牙痒痒。

从那个时候开始，通过广播认识我、喜欢我声音的人也多了起来。连带着，找我配广播剧的人也多了，以前是我上赶着发音频给人家求角色，现在是人家主动来找我配主角。

不要脸地说，在这个虚拟的网络世界里，我尝到了小红一把的滋味儿。

当然我说这些并不是为了炫耀，除了因此邂逅了一些可爱的老朋友之外，也的确没什么值得炫耀的。我想说的是，别看我现在对自己的声音挺满意，其实在这之前，我以它为耻。

我声带似乎一直很薄，音色偏尖，稍微高一点就会显得很刺耳。小时候还好，变声期之前，小嗓子清清脆脆，老师总爱让我上台唱个歌啥的，玩 high 了还能飙个《青藏高原》。那时候得到最多的评价是：这孩子嗓子真好。

然而这副“好嗓子”一直持续到我成年。

我好像就没经历过变声期一样，同龄人长青春痘，变公鸭嗓了，我还在那儿清清脆脆小百灵呢。初中这样，能忍；高中这样，低调点也就过去了。到了大学，军训报数，前面男生的声音要么低沉有力，要么温润平稳，难听点的也是沙哑粗犷。到我这儿，嘿，怎么来了个小学生啊？

记得很清楚的一次，是刚进话剧社的时候，学校组织校园歌手大赛，我们都要去参加。当时我准备了一首小情歌。海选的时候刚唱了两句，就被裁判叫停了。那个长得挺帅的学长笑呵呵地跟我说，小学弟，唱歌时不要用童音啊。

然后我就被淘汰了。

从那以后，我就没在公共场合唱过歌。

之所以去玩配音，其实也有那么一种庆幸心理：反正在网上，人家也不知道我是谁，难听也不能指着我鼻子骂。

在配音社团里，我这种声音也不是很吃香。用我们以前社长的话来说，就是局限性太大了。幼齿，少儿，没有魅力。配个小弟弟、小少年、小书童还勉强凑合，你要配个纯爱剧，人家还以为恋童呢。以前的某个老社长不是很喜欢我，虽然她没明说，但我感觉得到。后来有一次，我撞了大运，被一部有很多大神的剧选中当主役，这位社长私下跟团员们说："就他那个声音，怎么被选上的呀？"

我说这些也没埋怨的意思，毕竟我的声音就是这样，想改也改不了。这世界上有人喜欢吃肉，有人喜欢吃菜，所以没必要要求人人都爱我。只不过那时候的我思想还不够成熟，听到这些否定的话，挺伤心的。我也想过放弃算了，可是我能不唱歌，能不配音，能不做广播，难道我能平时不说话吗？

我觉得很幸运的是，从始至终，有一些朋友一直支持着我。他们收听我的节目，支持我的广播剧，在有人骂我声音娘炮的时候，彪悍地怼回去。每次我有负面情绪了，看看这些朋友的留言，就好像有了劲儿，那些尖酸刻薄的批评，好像也不算一回事儿了。很多朋友给我写邮件，说听我的节目觉得特别温暖，尤其是在情绪低落、人生低谷的时候，说我的节目给了他们一些力量。他们又何尝没给我力量和温暖呢？我想，正是因为这么多年的相互温暖，我才能顺利成长为一个脸皮厚又自恋的青年。我现在特别喜欢自己的声音，我觉得它特别迷人，我也愿意在大庭广众之下唱歌了。因为我知道，总有人会喜欢我的，这样一想，就有恃无恐起来，再怎么刻薄的评价，我都能坦然面对了。

苏打绿乐队的主唱吴青峰刚出道时，特殊的声线也被一些人质疑。可逐渐地，他用好听的音乐、动人的歌词和独特的人格魅力征服了越来越多的听众。和他个性十足的人设一样，他的声线也成了一种特色，特别迷人。

我不是个有名的人，不好意思厚着脸皮拿自己当榜样来熬鸡汤鼓励人，所以就抱一抱青峰的大腿，希望他的经历能给大家带来一些力量。我想说的是，但凡为人所质疑的东西，都是不平凡的。你身上所有的特质，声音也好，相貌也好，性格也好，都是属于你的宝物。

保护它们，不要让它们被那些流言蜚语夺走，好吗？

"When someone is gonna achieve something, He must suffer a lot."

你又不是不会说话，说句谢谢会死吗？

▼

朋友兔兔一大早群发微信，语带哽咽，声音凄苦：“我被人欺负了……”

我们大惊失色，纷纷问是哪个渣男，大家一起去灭了他。

问过后才知道，原来是因为让座跟人吵架了。早晨兔兔在坐地铁的时候，一个年轻女人抱着孩子冲到她面前，不怎么客气地要求她让座。虽然觉得女子挺没礼貌，但看在孩子的分上，兔兔还是让了。没想到这娘儿俩一屁股坐了下去，连句谢谢都没说。

仿佛那座位是她们的龙椅，私人定制，天下人都得让着。

兔兔不爽了，跟女子说：“你不会说句谢谢吗？”

结果人家说：“哦，我看你让得不情不愿的，就不高兴说了。”

“怎么会有这种人！”兔兔气得眼泪汪汪。

然而事实证明，这种人不仅有，还挺多。上电梯时帮他按住HOLD，连句谢谢也不说；捡到东西还给他，拿了直接就走；在后面踩掉你的鞋，他毫无歉意；脏东西蹭到你身上，活该你倒霉。帮他是理所当然，不帮他就是大逆不道；让他道歉说你小气，让他赔偿门儿都没有。什么？还那么多话？你这年轻人 / 大老爷们 / 社会精英 / 城里人怎么这么没胸襟？欺负一个弱女子 / 老太婆 / 老头子 / 小朋友 / 病人，不是个好人，召唤道德的大山压死你。

小猪也遇到过类似的情况。隔壁店铺的大姐每次找她换零钱，哪怕自己零钱不多，小猪也尽量换给她。可是每次这位大姐都是拿了零钱就走，多一个字都没有。就好像小猪开的不是饭店而是银行，兑换零钱是她应尽的义务一样。

我也遇到过这种人。前后脚出小区，作为男生，理应让女生先走，哪怕这位女生年纪大到可以当我妈。所以我刷开大门，用手撑住，让后面的人先过去。谁知，这位大龄女生就带着女王般的傲慢，径直走了过去，眼睛都没斜一下，我就像她的家仆，活该卑躬屈膝地开门。

还有就是我的邻居。我的楼上是一对年龄相差较大的夫妇，这两年刚有了孩子。小男孩刚学会走路，精力旺盛，一天二十四个小时里有二十个小时都在旋转跳跃。问我怎么知道的？听楼上的咚咚咚就知道了呀。一开始我觉得，小朋友都有这个阶段，忍一忍就过去了。没想到这孩子从走发展成了跑，然后进化成了跳，最后变成了蹦。有时候他童心未泯的双亲也跟着“翩翩起舞”，一家人在楼上咚咚咚咚，不知道的，还以为上面是片草原，有一万匹脱缰烈马在奔腾呢！

真正让我爆发的是有一天晚上，我正在沙发上打游戏，头顶依然是万马齐奔。忽然有什么东西掉在我肩膀上，拿起来一看，是一块指头大的墙皮。我抬头一看，一块半径约二十厘米的大家伙也掉了下来，亏得我身手敏捷躲得快，这才没被砸个半身不遂。我看着天花板上秃了一块的地方，看着沙发上一层白色的灰尘，又听到楼上的咚咚咚咚，实在忍不了了，冲上楼去，把这家人叫了出来。

对方还一脸不高兴，怪我打扰了他们的天伦之乐。我说：“不好意思，您家以后能轻点走路吗？我家天花板都被震掉了一块。”

那位秃了顶的中年男人想了想，竟然对我说：“哦，那可能是装修太差了吧。”

女主人倒是假装一脸关心，说出来的话却没什么歉意：“对不起啊，但是小孩子都能跑能闹的，你这么年轻可能不了解，等你有了孩子就知道了。”

如果有了孩子像你们这样教育，那我宁可不要。

我觉得再这样说下去也不会有什么结果，便懒得浪费时间，跟他们说那就走法律程序吧。结果这家人急了，说至于嘛，都是邻居，要互相理解。

我说：“我很理解你们，所以直到家里天花板出了状况才来找你们的。本来不打算让你们赔，我自己找人刷刷补补，你们以后注意点就行。但现在我改变主意了。”

这家人后来胡搅蛮缠，一会儿让我拿出证据，一会儿说要找人弄我。最后我找了房产单位做了鉴定，找了城管执法部门来现场勘查，找了男人单位的领导，到底让他们给我补了天花板，交了鉴定费。

哦，当然，我没能力打断这家人的腿，所以他们还是咚咚咚咚，而且现在成了怀恨在心的咚咚咚。不过无所谓了，他们可以尽情折腾，只要付得起装修费。

如果说上面这些人是普天之下老娘最大，那么还有一种人是宇宙之间老子最美，他觉得全世界的人都对他有意思，所以就应该不求回报地帮他做这做那，宠他爱他呵护他。

这叠文件好重哟，你帮我搬；讨厌啦，打印机那么脏，人家才不要用呢，你帮我印；你先去把东西点好，我到了可以直接吃；今晚有约会不能值晚班，你闲着也是闲着，替我值了吧；喂喂，这才凌晨一点你就睡啦？快别睡了，帮我办点事。

我很想问问这种人，到底是哪儿来的自信，觉得自己魅力大到可以这样随便使唤人啊？以为普天之下皆你爸，都得把你当小王子、小公主惯着？没有公主命偏有公主病，有病就得治呀！

生活里遇到这些奇人怎么办呢？我的建议是躲，眼不见心不烦，不要让这些人破坏你的心情，降低你的格调。千万不要妄想着一个人会因为你的指责而改变自己，所以别浪费口舌了。如果不想在车厢里遇到逼你让座的人，那就努力赚钱，买辆属于自己的车；如果不想被邻居的噪声打扰，那就好好工作，换一个隔音效果好、邻居素质高的小区。

如果现在确实做不到，那么就任性一点，不要被道德绑架。

你的底线就像你在地铁上的座位，如果不想让，那就守住它，哪怕人家找来一整车的帮手叨叨叨叨，也当耳旁风。如果你帮了一个人，对方却没有任何表示，那么，请不要犹豫，跟他说：

“你又不是不会说话，说句谢谢会死吗？”

带老妈旅游

▼

我是个特别爱旅行的人，用我妈的话说是跟个猴儿似的，隔三岔五地就得出去浪浪。仔细想想，我确实挺爱到处走的，估计是小时候给憋坏了。我小时候身体不怎么好，还不咋讨人喜欢，老爸老妈生怕我出门就弱柳迎风地嘤咛仆街，或者被不良学生、学校霸王、街头混混给打一顿，所以从小学到初中，我每天基本就是两点一线，上学、放学都由我爸接送。就这样，还被小混混勒索过，那哥们儿也挺可怜的，钱还没要到，就被我爸开车撵出二里地去，不知道现在怎么样了。到了高中就是封闭式管理，住学校宿舍，每周回家一次。所以从小到大，除了跟爸妈一起旅游，我连在同学家里过夜的情况都没有。直到大学，才像是刚出深闺的小姐，浪起来啦。

可能是以前憋狠了，“自由”后，我铆足了劲儿往外跑。上大学时是有闲没钱，只好去近的地方浪，最好是有同学或者朋友在的，还能蹭吃蹭喝。我记得 2006 年，跟哥们儿大春子从哈尔滨去大连，坐了十多个小时的火车硬座，到达的时候两个人简直睡成了背靠背，屁股都四瓣儿了。在大连玩了一个星期，吃路边小摊儿，住同学宿舍，最奢侈的一顿是 38 块钱一位的海鲜自助，撑得快吐了。回来一算，这趟行程只花了 500 多块钱。那个时候不讲究什么星级不星级，大餐不大餐，没钱，但是玩得特别高兴。

工作之后就是有钱没闲了，就那么几天年假，想去个什么地儿得算着时间来。不过我们这工作虽然累，好在可以攒假，连着上个一两个月的班，多少也能攒出一周假来，我的最长攒假纪录是四个月没休息……所以一年到头，多少也可以出去玩个三四次的。这几年除了国内的一些好地方，我去了泰国、意大利、新西兰、新加坡，最近还去了趟非洲。

然而我妈就没去过什么地方了。跟全天下怕给儿女添麻烦的父母一样，我爸妈从来不主动要求我带他们出去玩。每次我说咱们去哪儿玩玩啊，他们就说："你工作那么累，有几天假还是好好在家歇着吧"；"外面人那么多，我才不愿意出去走呢"；"× × 有什么好玩的呀？我一点都不想去"。我爸还好，年轻时走南闯北，去过很多地方；我妈却没怎么出过家门，这么多年也就去了北上广这种大城市，其他时间就在家打麻将，简直是位大龄宅女。

以前我总觉得不去就不去呗，我可以跟朋友去，反正以后还有很多时间可以跟家人相处，这次不行，就等下次嘛。可后来我发现，很多事情是没有下次的。去年，我的姥姥去世了。老人走之前偏瘫了很长一段时间，而我只回去过一两次。每次我都想，下次回来多留几天吧，下个月多回来几次吧，总想着下次，拖着拖着，一直拖到姥姥走了。

那可是从小最疼我的姥姥啊！

很长一段时间后，我终于摆脱了“要是能多陪陪姥姥就好了”这种自责的情绪。然后我意识到，有些事情是可以等的，但有些人却等不起了。所以当老妈再次拒绝与我一起出游时，我把订好的酒店机票订单甩在她面前，跟她说，这是不能退的。

于是我妈臭着脸跟我出发了。

跟长辈出门和跟朋友出门完全是两个概念：跟朋友出去玩，通常会选大家都没去过的地方，而且越刺激，越新鲜，在有限的时间里走越多的地方越好；跟长辈就不一样了，得考虑到安全，还得考虑老人的体力，所以最好选自己去过的，心里有底儿的地方。

住哪儿也有讲究，像我这种 easy going 的青年，对住不怎么挑剔，有钱住星级酒店当然美滋滋，钱少住青年旅社也不会泪汪汪。我妈事儿就比较多了，最开始的时候，我还特别讲究情调，订了武隆仙女山顶的独栋木屋和大理洱海边上的休闲客栈。想象中可以夜晚看星星，白天赏洱海，拍大把美美的照片。结果在这俩地方的那几天，我妈夜不能寐。

原话是这样的：“哎呀妈呀，这山顶上咋就咱俩呢？”“这晚上不会进来人吧？”“妈呀，这门口怎么还有马？不踢人吧？”“这房间离水边也太近了吧？”“水里会不会爬出什么东西来呀？”

靠山，太吓人啦！靠海，太吓人啦！

最后只好全程入住五星酒店。这倒也没什么，我的观点就是爱一个人就要给她花钱。而我妈的观点则是爱一个人就不要让他花钱。所以虽然住酒店很舒服，但是我妈又开始嫌贵了。于是经常出现这样的场景：一位中年妇女，要么穿着浴袍贵妃般卧在大床上玩手机，要么趴在按摩床上做水疗，嘴里还不停地嘟囔：“大儿子，我觉得这房间太贵啦，不如咱们退了去住快捷吧。”

典型的得了便宜还卖乖。

我是个典型的处女座。为什么要强调这个？因为目前大部分的吃瓜群众都觉得处女座是事儿妈、矫情鬼，有强迫症。那么这是不是真的呢？我可以很负责地告诉大家，是的。处女座就是事儿多，爱矫情，还很爱强迫别人……不过出去旅行的话，有这么一个能提前做好计划，行程一切搞定，半点瑕疵都没有的处女座当同伴，不也是一件好事儿吗？所以我的小伙伴们都比较喜欢跟我一起出去旅行，前提是中途不改变行程，因为处女座真的很讨厌改变，日常生活里，我一款洗面奶能用 N 年，除非脸上出了问题或者它停产了，否则绝对不喜欢换掉。出去玩也是，我提前安排了从 A 地到 B 地再去 C 地，但如果有人想从 B 地去 D 地，或者直接从 A 地到 C 地，那我就会非常非常不爽。

我的死党们就亲眼见证了，因为有人想改变计划，我一秒钟之内变脸的特异功能。

所以在带老妈旅行的路上，因为计划的屡次变更，其实我是很生气的。但因为对方是我妈，只好忍着，可这火愈压愈大，最

后还是会爆发。所以一路上我跟我妈也没少吵架。不过我妈这人治我和我爸向来有一招，你跟她生气，她也不跟你正面对抗，就默默听你说，任凭你发火。等火气一消，人就后悔了，再看看她那可怜巴巴的小眼神，更是心疼，所以基本上每次跟我妈吵架，我就没有赢的时候，真是一拳打在棉花上，无处使力啊！

不过总的来说，跟老妈旅行还是玩得很高兴的。以前我看到美好的风景，总想有一天，要带我最爱的人再来看一遍。现在倒也算实现了这个诺言。我们在重庆解放碑站着吃酸辣粉，排队吃老油火锅，老妈辣得眼泪横飞、鼻涕直流，还是大赞好吃；我们在成都青城山泡温泉，从市区出发差点赶不上火车，在火车站百米冲刺，我第一次看我妈跑得那么快；去桂林，乘大船沿着湘江顺流而下，看两岸青山绿树、奇石怪林；在大理，看古城，游洱海，吃乳扇，看日落。

看老妈开心，说真的，我打心眼里觉得幸福。

不得不承认，带长辈出来旅行，尤其是自由行，是很累的。因为要比自己出来玩考虑得更加周全，要住得舒服，吃得健康，行程不能太赶，也不要有太刺激的项目。但当你真正在意一个人时，他的衣食住行，你都会去操心，你会想让他享受到最好的东西，不想让他受一点委屈。

就是有种把全世界给他都不够的感觉。

我想父母陪伴我们长大的这些年，也是同样的心情吧。

成家

卧室的窗帘旧了，米色格子变得又暗又沉，活像两张更年期大婶的脸，死气沉沉地挂在窗子上。记得刚搬家时，每个屋子的窗帘都是我自己选的，当时对它们很是喜爱，晚上睡觉，躺在床上，窗帘隔住外面的路灯、月光和车鸣，感觉世界都安静了。

窗帘给了我安全感，而现在，它们却让我想杀人。

晚上视频聊天的时候，我跟爸妈说，我要换窗帘。

“你想换就换。”我爸说完，光着膀子刷他的宝贝鱼缸去了。我妈却说：“你别急着换了，等成家之后，妈给你出钱买套好的。”

虽然每天看着脏兮兮、皱巴巴的窗帘让我很不爽，但作为一个赚少花多的月光族王子，换三套窗帘的确得大伤元气，至少下个月不能拼高达、吃大餐。所以听到老妈这么说，我忍了。

这样的对话不是第一次了。我买房四年，起初为了方便，特地选了精装，想着既不用自己去设计样式，也不用劳烦爸妈过来照看。结果因为图省事，反倒给自己惹了麻烦。集体工程毕竟不像自己装得那么精细，大问题没有，小毛病不断。自打我搬进来，没少给装修工人擦屁股。不是今天浴室渗水，就是明天瓷砖脱落。

我屡次动过把家里重新装修一下的念头，可每次跟爸妈提起，得到的基本上都是相同的回答。

我爸通常会漫不经心地表示同意，然后继续光着膀子去喂他的热带鱼，或者去刻他的木雕，或者去厨房擦瓷砖什么的。

我妈则会说："先不要着急，先将就住一下，成家之后，妈给你重新装修。"

而为了省钱买衣服、拼高达、吃大餐，我又将就了。

有段时间，工作很不顺利，我觉得自己喜欢这份工作，领导却觉得我不喜欢这份工作。我觉得自己做得挺好的，领导却觉得我做得很垃圾。工作状态不好，身体也差，还懒得去跟领导同事打好关系，我在单位就跟回到亲戚堆里似的，大伯不亲，二姑不爱。

还好我年轻，有学历，现在又有了经验，完全可以去寻找更好的机会。

我把自己的决定告诉爸妈，我爸依然是"你想换就换"，然后不知道光着膀子干什么去了。而我妈也依然不同意，还是那句话："先别折腾，将就一下，成家之后，再做打算。"

都成四字经了。

慢慢地我发现，"成家"这俩字出现在生活里的频率越来越高，不仅我妈爱说，身边的朋友爱说，连八百年不联系的七大姑八大姨也爱提这个。

《蒂凡尼早餐》里，保罗对荷莉说，

人们相爱，互相属于对方，

因为这是获得真正快乐的唯一机会。

你自称为不羁野性，怕别人把你关在笼子里，

但你已经在里面了，你亲手建造了它。

不管你去哪儿，它总是跟着你，你总是受困于自己。

你儿子工作很好，月入百万，真能耐，成家了吗？你闺女沉鱼落雁、貌美如花，成家了吗？哎呀！都已经二十好几了，怎么还不成家呀？

哪怕我出了一本书，老妈在朋友圈里炫耀的时候，也会有那么几个从没说过话，却表现得好像每天都给我喂奶似的叔叔阿姨，看似关心地问："小伙子真棒，成家了吗？"有人更直接："整天写写写的有啥用啊？能写出个对象来成家吗？"

好像只有成了家，你才有资格成为一个人，才能活得像个人，才能去做你想做的事情。

我发现很多长辈其实并不是很在乎孩子们的生活状态，哪怕他们刚刚参加工作还买不起房子，哪怕他们每天节衣缩食挤公交车上下班，哪怕和我一样，过着旧窗帘、破天花板、烂工作的日子。你对现在的自己满不满意，他们才不关心呢，他们希望的，是你赶紧找个人娶了或者嫁了，成了家，这才叫幸福。

成家就是魔咒，它的效果就是将就。即使结婚没房子，生孩子没钱养，每天为柴米油盐酱醋茶发愁，这在他们眼里都不是个事，因为"这才是过日子嘛"。

那么我们的幸福呢？成家难道不是为了幸福吗？我爱我爸妈，我相信他们也爱我，就像所有爱子女的父母那样。可有时候，我真觉得，哪怕是出于爱，父母的一些做法，并不正确。就像他们所认为的成家就是安稳，安稳就是幸福，至少对于我来说，是不对的。而每当我有了这样的想法，随之而来的又是深深的内疚。

我不反对成家，两个相爱的人携手共度一生，这是美丽的事。我只是觉得，成家，并不是对付与舒适的分界线。在没遇到合适的人与之共度一生之前，我也有权利去过自己想要的生活，包括换套新窗帘，把家里装修一遍，宅在家里写书，漂亮给自己看。

我只希望，是否成家、何时成家这样的问题，不会再伤害我自己，和爱我的人。

生活在传说中的绅士们

没去意大利之前，我被网络上的一些文字洗脑了。印象里，意大利人一直是呆呆的、帅帅的萌货，天生会放电，走路带花香，扭到天上去。

不止一次看到去意大利的女生，在游记里大赞那儿的男士多么多么英俊、绅士、热情，自己受到了怎样怎样的礼遇，如吃饭不用埋单，坐车有人开门，路上狂被飞吻，素颜朝天都被盛赞漂亮……

跟哈利·波特刚到魔法世界那阵子似的。

这直接导致了我对自己的意大利之行充满了期待。我虽然没自恋到想用美貌去征服意大利男子，可是，能近距离观察这种玛丽苏小说中才有的场景，好有趣呀！

可到了意大利之后我才发现，意大利男人很浪漫这个说法，只有一半是对的：他们确实挺“浪”的。

跟福茄在米兰逛文艺复兴百货，小帅哥大帅叔似乎是每个化妆品专柜的标配。清一色西装革履，头发梳得一丝不乱，身上香气四溢，只要音乐一响，随时可以走 T 台。要买哪款产品，如果是男性顾客，你自己去拿啊；如果是女性顾客，完全不用动手，眼神过去，帅哥立刻笑靥如花，伸出大手，轻抚你的小脸儿，亲手为你上妆，四目相对，满含深情，一点都不矫情做作地对你说："亲爱的，你看起来太美了，我就没见过你这么美的人儿。"

哪怕对面的美人儿已经年过五旬或是体重二百斤。

我有幸目睹了福茄被撩的全过程。她只想买一款口红，选好型号后正想交钱走人，一位金发小帅哥立刻拦住她，一定要她试试妆。福茄表示不用试，就买这款，小帅哥却二话不说把她按在椅子上，瞬间来了个壁咚，那距离近得都能舌吻了。小帅哥细心地为福茄涂好口红后，才笑着对她说："亲爱的，你太有眼光了，这款的确很适合你呀。"

吃辣椒都面不改色的福茄女士，脸顿时红成番茄色，表示这款型号她要再买一支。

"没问题。不过，"小帅哥说着，又拿出几支口红，"我觉得这个，这个，还有这个，也很适合你呀。"

于是当天，我看到来时信誓旦旦说只买一支口红的福茄女士，把整个专柜每个色号的口红几乎都买了一支，我怀疑她可以涂到八十岁，甚至还可以把家里的墙壁都刷一遍。

如果说商场里意大利男人的"浪"（非贬义）是有目的的"浪"（非贬义哦），那么日常生活里的意大利男人简直"浪"（真的非贬义哦）到骨子里。走在大街小巷，到处可以看到打扮时髦的男子。

意大利男人很爱穿西装，尤其在商业区内，不管年龄大小，几乎都穿着得体的西装。有的严肃正直，有的颜色亮丽，有的戴个俏皮的小领结，有的把裤腿挽上去，正式中带着调皮，英俊里带着不正经。就像那种你明知他是个勾三搭四的花花公子，还是会心甘情愿地想跟他来上那么一段没有结果的恋情。

我觉得意大利的男人之所以嘴甜，肯定是因为甜品吃多了。在中国，男人爱吃甜品，很容易会被人觉得不够爷们儿，小娘货，奶油小生啥的，但在意大利，就没有不爱吃甜品的老爷们儿。当然意大利的冰淇淋是真的好吃。

街边随便找家甜品店，不管什么味道的，来那么两个，保证特别好吃，更别提那些久负盛名的老店了，几乎是家家排着数十米的长队。所以经常能看到一个穿着西装的帅哥，一边走，一边天真地舔着滴到手上的冰淇淋。

这个时候，你很难去判断，冰淇淋和意大利的男人，到底哪个比较甜。

记得以前在哪里看到过，说判断意大利经济景不景气，主要看两个方面：一个是男女出去开房要不要AA，另外一个就是看意大利男人买冰淇淋时买几个。买两个，说明最近经济还不错；买一个，那可真是形势严峻啊。

可能我们长得太丑，气质太矬，一路下来，并没有遇到传说中的意大利绅士，唯一的，是在过桥的时候，拎不动巨大的皮箱，一名壮汉主动过来帮忙，并心安理得地收了我们十五欧元小费。

所以如果是为了意大利男人而来，那么除非你是个尤物，否则恐怕要失望啦。因为有颜即是正义这个规则，在全世界都是通用的。如果你不是美女，意大利男人不仅不会浪漫，反而还很高傲。

明明想买两张车票，抽烟小哥只给一张，你跟他重复要两张，他才不耐烦地丢出一张来，还大叹气，仿佛眼前是只巨大的苍蝇；参观博物馆，写着免费入内，看门大叔却硬要收钱，问了半天，才硬邦邦地说仅对当地市民免费；吃饭点菜，明明你先来，菜却总是先给隔壁那桌，不给小费？那就饿着吧。

或许有人会说这是赤裸裸的种族歧视。不不不，你错了，人家只是高傲到懒得掩饰自己的情绪。电影《黑道家庭》里，女主角假扮美国人去意大利超市买菜，两个意大利老人就当着她的面嘲讽美国人大老粗，是不懂美食的蠢货，气得女主角点燃气罐，把超市炸了……

不过也没必要因此对意大利心存芥蒂，毕竟那里除了传说中的绅士们，还有好吃到爆的美食，以及充满了文艺气息的美景呢。

佛罗伦萨（消失的流浪歌手）

▼

在佛罗伦萨停留的两天时间里，给我留下深刻印象的不是文艺复兴时期那些珍贵的作品，也不是恢宏壮观的百花大教堂，更不是美味的重达两斤的差点把我当场撑死的 T 骨牛排。

真正让我爱上这个城市的，是米开朗琪罗广场（Piazzale Michelangelo）的落日。

到达这里的第一天，刚跟朋友闹了别扭，心情不怎么美丽，于是迁怒了这个城市，觉得它的一切都那么不可爱。燥热的天气，拥挤的人群，难走的石板路，就连酒店前台热情的服务都让我觉得心烦。

朋友说，去看日落吧。我想，好吧，去吧，就让我们的友谊，也随着日落消失在地平线好了。

于是我们从城市的中心，一路步行，前往山顶的米开朗琪罗广场。

佛罗伦萨真的很文艺，它的文艺不仅仅体现在那些古老的城市建筑上，随便路过一家街边小店，感觉都可以在里面拍出一部文艺电影来。橱窗前认真绘画的少女，戴着老花镜缝制皮具的大叔，就连胖胖的面包师大婶，都有那么一股文艺范儿。

如果每一步都能走出一幅景色来，那么将近四十分钟的路程也没那么难熬了。我们穿越了大街小巷，爬上了层层台阶，路过了不同肤色、不同年纪的人们，在日落之前，来到了米开朗琪罗广场。

米开朗琪罗广场始建于 1868 年，位于佛罗伦萨市区南端的高地上，站在这里，可以将整个佛罗伦萨尽收眼底，阿尔诺河、圣母百花大教堂，那些错综复杂的大街小巷，可以全部看得清清楚楚。广场上并没有太多的装饰，光屁股的青铜大卫，孤单单地站在中间。

虽然距离日落还有好一段时间，但是广场上已经有了许多人，他们三三两两地靠在栏杆上。意大利的太阳十分热情，晒了十分钟，已经感觉到皮肤刺痛，于是花了十欧元，买了顶随处可见的草帽。广场下面的平台上，一群大学生正在拍毕业照，一批又一批，让我想起自己的学生时代。

好像不管什么时候，我都喜欢在高处眺望整个城市。上学时考试失利，晚自习后，一群伙伴骑着自行车，到城里某座天桥上，看着下面车来车往，像个傻子一样大喊加油；暗恋某个人的时候，偷偷跑到某座教学楼的顶楼，在昏暗的灯光里看着明亮的窗外，幻想操场上会有那个期待的身影出现；在陌生的城市里打拼，偶尔加班到深夜，在工作间隙，看着外面栋栋建筑里闪烁的灯火，想到其中一盏属于自己，便又有了坚持下去的动力。

仿佛站得越高，就离星星越近，许下的愿望，也更容易实现。

太阳慢慢疲倦，广场上的人却越来越多，看日落不是看歌剧，没有那么多讲究，广场西侧的台阶就成了最好的座位。有人带着啤酒，有人带着女朋友，不过这里的热闹并没有吸引我的注意力，因为在不远处，一位流浪歌手弹起了吉他。

看上去，这真是场糟糕的表演，没有华丽的舞台，没有高档的音响，就连歌手本人，也不是那么赏心悦目，小个子，胡子拉碴，戴了顶脏兮兮的帽子，穿着旧衬衫和大裤衩，一把烂吉他，几张破乐谱，吉他盒子里，有几张一看就是自己包装的 CD，还有零零碎碎的几个硬币。

然而当他唱起歌时，世界也跟着美好起来。

那首异国语言的民谣小调，简简单单地打动了我的心，周围依然热闹着，我的心却安静了。人们也被这歌声吸引，有人拿出相机拍照，有人打起了节拍，不怕害羞的孩子们还跟着跳了起来。日落仍在继续，我却暂时忘记了欣赏美景，因为在这一边，有更加让我沉醉的东西。

这首歌讲了什么呢？它的节奏这么轻快，歌手似乎也很快乐，是写给恋人的小情歌吗？或许是一首乡间民谣，讲述了一些有趣的往事，会不会也有可能，在欢快里隐藏着忧伤的故事呢？

胡思乱想中听到一声惊呼，向天空望去，原来是日落。城市的那一边，太阳像位回家的贵妇，带着烧红的云彩，一步一步缓缓踩着建筑离开。过程仿佛很长，又似乎很短，回过神来，它已

他是那个只在黄昏出现的流浪歌手，

让人心动后，便永远消失了。

经完全消失，只剩下韵味和一众赞叹。

回过头去，刚刚还在放声歌唱的流浪歌手，也悄然离开了。

这样的场景让我回味好久，以至于想为了日出和音乐，再逗留几天。然而邂逅美好是需要运气的，第二天我再到同样的地点等候，日落还在，那位流浪歌手却没有出现。

如果你也要去佛罗伦萨，能不能替我再到米开朗琪罗广场去？你可以带上一瓶冰镇气泡酒，看太阳从 45 度角的空中逐渐消失在山的那边。也许会很晒，也许会浪费那些价格不菲的美白护肤品，但那又如何呢？如果这点小牺牲能换来那个美丽的黄昏，那首美妙的歌，就算再黑上两个色号，我也愿意呀。

在威尼斯迷路

出发去威尼斯的时候，我是不开心的。因为福茄这个女人见色忘义，被时装周的男模小妖精们勾走了魂儿，决定再多留一天，跟刚认识的一群迷妹继续蹲秀场。

我对这事非常不能理解，怎么会有人放弃难得的旅行机会，浪费一整天的时间去冷冰冰的秀场门口蹲着，只为了跟进出的模特儿们拍几张合照？更不能理解的是，这个家伙竟然为了几个认识才两天的人，抛弃了认识好几年的我！

处女座拒绝一切突如其来的变化，可我也不能因此去说什么。福茄有权利去安排自己的行程，我没有权利去逼她配合我，哪怕为此改变行程。所以即使心里不痛快，我也只能对她说："你想去就去吧，我肯定是不开心的；可如果我不让你去，你一定会埋怨我，害你失去这次机会，与其这样，还不如让我不爽。"

毕竟我忘性大。

呵呵，看我回国不打死你。

所以我一个人离开了米兰。在异国他乡，当然有些忐忑，临行前那些关于意大利的种种危险又浮现出来，皮箱也来欺负我，它就像个胖了一百斤的小子，扎根在地上，我试了几次，也没办法把它抬到行李架上。最后还是一个扎辫子的金发小伙儿出手帮忙，才顺利解围，这也是我来意大利之后，遇到的第一个好人。

从米兰到威尼斯，坐火车要三个小时左右，车票提前在欧铁官网上买好，打印出来，去站台时给检票员看一下就可以了。车厢内部跟国内高铁差不多，不过是四人两两面对面坐。我的隔壁并没有人，对面是一个年纪不大的小伙子，拿着一本数学习题写个不停，偷偷看了一眼，应该是国内高中水平。

一路上昏昏欲睡，不知过了多久，迷糊间听到一声惊呼。睁眼，窗外一片大海，没有任何建筑，天空与海水彼此拥抱，火车仿佛行驶在水面上。这场景让我想起了宫崎骏先生的《千与千寻》，那片宁静的水面，好像可以永远走下去。然而列车总有终点，很快，周围逐渐出现建筑、船只，当我看到车站的标志时，威尼斯便在眼前了。

预订的酒店位置有点尴尬，说近不近，说远不远，步行的话不到十分钟，然而此刻我拎着一只比我还重的巨大皮箱，去酒店的路上还有座拱桥，上百级台阶差点要了我的老命，好在最后顺利到达酒店。酒店在一栋古老的建筑里，据说已经有百年历史。打开窗户就是河道，楼下的花园里种满了玫瑰，充满威尼斯风情。洗过澡，才是中午，赶紧出去逛逛。

我看过一部电影，叫作 *The Italian Job*，讲几个艺术大盗的故事。剧情没什么印象，倒是片子里主演们开着 MINI Cooper，在威尼斯到处奔走的场景历历在目，从那时起，威尼斯在我心里就是欧洲版的凤凰古镇。而此刻漫步在这座城市中，这种感觉更加深刻。明明周围有那么多游人，来来往往，熙熙攘攘，心里却感觉特别安静。随便找一个地方坐下，都可以发一整天的呆。看着海水拍打岸边，游船缓缓经过，来时的烦躁，早就被丢到天涯海角。

我不得不说，在威尼斯，地图真是最没用的东西。这里的大街小巷实在太多太绕，自己寻路，转几个弯，就会迷失方向。靠地图的话，没准儿会被困上一个世纪。唯一的方法就是跟着人群走，只要紧跟着前面的人，总能找到一两个景点。虽然不知道前方会出现什么，但这种未知的惊喜，也是一种乐趣。况且威尼斯的小巷子里，也隐藏着许多宝贝。比如不知名的胡同里的手工小店，留着大胡子的意大利大叔全神贯注地制作娃娃；某个拐角，招牌破破烂烂的冷饮店前竟然排起了长队，只因为某款超好吃的冰淇淋；还有橱窗里一张张精致脸谱和让人流连忘返的手工娃娃。

威尼斯没有车，公共交通只有船。既有充当公交车的大船，也有类似出租车的小艇，当然也有著名的冈多拉。多年前在新西兰旅行时，曾经乘坐过一次冈多拉，那位划船的小帅哥也说自己来自威尼斯，说家乡的冈多拉，船夫都选英俊男子担任。虽然至今我也没搞明白为什么一个威尼斯小哥要去新西兰南岛的小镇划

没有终点的迷路，

反倒让人有了安全感。

冈多拉，可冈多拉船夫等于帅哥这个说法，却留在了脑海里。而来到威尼斯之后，我才发现，那位小哥的话只有一半是真的，冈多拉船夫的确都是男子，但是否英俊就有待商榷了。我用了一个下午的时间，趴在叹息桥上看来往的冈多拉，船夫中有强壮的青年帅哥，乘客们欢声笑语、媚意连连；也有白胡子大肚子老头儿，乘客们宛如面瘫，静默地欣赏两岸风景，哪怕只有长满青苔的墙。考虑了好久，还是没有尝试冈多拉，一个人跟陌生人独处，还要面对岸边桥上游客的目光，我实在鼓不起勇气。

叹息桥也是威尼斯的著名景点。一开始听到这个名字，我联想到的是少女等待情人的归来，最终只换来一声叹息，这种俗套凄美的爱情故事。可看了旅行小册子才知道，过去死囚被押赴刑场时，会经过这座拱桥，想到就此离开人世，百感交集，不由发出叹息之声。这就是叹息桥的由来。

随着人群，近黄昏时，我来到了圣马可广场。这应该是城中最大的广场了，从狭窄胡同走出来的瞬间，天地都开阔起来，圣马可教堂、圣马可钟楼、圣马可图书馆和总督府，在夕阳的映衬下，大理石建筑群更加恢宏神圣。广场上鸽群飞起，钟声清晰可闻，金发碧眼的小女孩在奔跑欢笑，不远处海水拍打岸边，这一瞬间，一切都那么美好。手机似乎嗡嗡作响，然而我并不想与任何人交流，这一刻，我只愿意坐在岸边发呆，直到太阳缓缓隐没，广场上霓虹升起。临近夜晚，酒馆也热闹起来，燕尾服大叔组成迷你交响乐队，用音乐吸引人气。找个角落坐下，点份餐点，鸡尾酒不断续杯，看身边游人来来往往，有种放声大笑的冲动。真的很开心，哪怕身处异乡，语言不通，没有朋友，囊中羞涩，又可能找不到回去的路；可就是感觉高兴，想赖在这里一生一世。

回去时已是深夜，巷子里点点灯光，不明亮，很温馨。这里是座不夜城，每个时刻，每个角落，总能遇见迎面而来的陌生人。然而我不想微笑点头，擦肩而过，我只想当个微醺的傻子，假装城市里只有自己。我明白，再怎么爱一座城，也得不到它的回应。它就像个负心汉，给不了你安全感。你是过客，也只是过客。

所以就让我假装不知道过后的分离，就在此刻，沉浸在初见的暧昧当中，不去管下一站，让自己在这座水上城市的大街小巷中，放肆地迷路。

给丘比特的信

你好吗，亲爱的丘比特？现在是 2017 年的 4 月 3 日，晚上八点多，你应该睡了。

这是我写给你的第一封信，这也是我第一次给人写信。以前我不爱写信，一是因为字写得太丑，严重影响形象；二是觉得很多时候，语言要比文字更容易传递感情。可是随着年龄增长，我成了一个记性很差的大叔，有些心里话，还来不及对重要的人说，就忘记了。所以，在一些感情消失之前，我选择把它们记录下来。

这封信，也是这样产生的。

你知道吗？写这封信，会让很多人误会，误会我是个怀春的少年，跪在窗前，虔诚地向爱神祈祷第二春的降临。但是他们都错啦，你可不是那个神话里光屁股的外国小孩，好吧，可能你也光屁股，但你没有翅膀，也不会射箭。

他们不知道，丘比特，其实是你的小名。因为到目前为止，你还没有一个正式的名字，所以我就用你的小名来称呼你吧。

2017 年的 3 月 8 日，妇女们过节的日子，晚上，一个男子突然给我打电话，声音震耳欲聋：“我有女儿啦！”

说实在的，那语气有点傻，但听着让人高兴。

没错，丘比特，这个男子是你的老爸，而这一天，正好是你出生的日子。

当时我正在医院苦兮兮地输液，看着吊瓶里的药液一滴滴流进血管，感觉人生好灰暗。而你老爸的这通电话，就像是一道彩虹，让我的世界有了颜色。

你的出生，让你的家人高兴极了，尤其是你老爸。要知道他平时可是个低调的人，这次却恨不得跟全世界的人显摆一遍。

我也真心替他感到高兴。

哦，亲爱的丘比特，我还没有向你介绍自己。我是你的叔叔，你老爸的同事、最好的朋友（我认为），以及“灵魂伴侣”。以你现在的知识水平，可能还不知道什么叫“灵魂伴侣”。但我要说的是，从一起入职的那天起，整个单位的人，都想把你老爸和我凑成“一对”。就连你的老妈，也曾很认真地跟你老爸说：“喂，你给我离那个谁远点！”

你还小，不该跟你讲这些乱七八糟的八卦。但我要告诉你的是，我是你老爸的好朋友，你的老爸，也是我最好的朋友之一。

丘比特，在你成长的过程中，会遇到各种各样的人：幼儿园里的小花，小学同桌大牛，大学班长佳明，工作同事王姐……这么多的人，有些会成为回忆，很快被你忘记，他们叫路人；有些人会以一种不怎么愉快的方式让你记住，想起来就牙痒痒，他们是讨厌鬼；有些人会让你脸红心跳，想牵牵他们的小手，一起分享棒棒糖，他们是白月光；而有些人，则会一直陪伴着你，他们可能不会时时刻刻在你身边，也不会每分每秒都跟你谈天说地，可当你需要他们的时候，不用多说，他们总会排除万难，第一时间出现在你的面前，陪你笑，伴你哭——这些人，我们叫作朋友。

丘比特，叔叔很惭愧，因为我没办法告诉你怎么可以交到很多朋友，叔叔活了三十年，也做不到八面玲珑，高朋满座。但叔叔可以很自豪地跟你说，叔叔仅有的那些朋友，是叔叔最珍贵的宝物。

丘比特，朋友不需要多，但一定要真。

你老爸就是叔叔的真朋友。

其实叔叔刚认识你老爸的时候，特别讨厌他。你爸这个人很单纯，没那么多心思，所以有的时候，不了解他的人，会觉得他特别不会说话。你知道吗，他第一次跟我聊天，就对我说："你一个留学生，怎么沦落到这种单位啦？"

你看，是不是十分欠揍？

我一度认为自己不可能跟你爸成为朋友，直到某一天，因为一些可笑的原因，我弄哭了另外一个部门的女孩子，一下子成了他们整个部门的公敌。他们自诩正义的骑士，要为落泪的公主讨回公道，而我就是那个无恶不作的妖怪。丘比特，我希望你一辈子都不会遇到这样的情况，但我又希望能跟你分享这一幕。当他们的老大化身为霸王龙，气势汹汹地走过来骂我的时候，你的老爸，大家公认的老好人，一个从没跟人红过脸的家伙，毫不犹豫地站在我面前，挡住了霸王龙的怒火，与他对峙，为我讨回公道。

丘比特，当你进入职场，你常常会看到别人的背影，因为每个人都想走在前头，叔叔也一样。可这一次，看着你老爸那并不宽厚的小身板，叔叔真的特别感动。就从那一瞬间开始，叔叔就把你老爸当成了一辈子的好哥们儿、好朋友。

算起来，我跟你老爸认识七年了。从你爸跟你妈恋爱，到他俩结婚，到有了你。对了，他俩结婚的时候，我还是伴郎呢。那天真是忙得够呛，你老爸请的婚庆公司十分不靠谱，典礼的石阶上有裂缝，撒花的罐子像骨灰缸。你要是在现场，肯定也会生气的。不过没关系，你叔叔都完美搞定，撅着屁股在裂缝里插满了花，又换了个漂亮的撒花篮子，就连你老爸的发型，都是叔叔搞定的——虽然大家都说像鸟窝。

丘比特，叔叔那天虽然忙，但心里真的特别高兴，就像听到你出生时那么高兴。总有一天，你也会有这样的感觉，为你的朋友幸福而幸福。

虽然现在你还小，谈恋爱更是没影的事，但叔叔还是要友情提示，以后你找男朋友啊，可千万不要找叔叔这样不靠谱的，一定得找你老爸这样的男人——老实、本分、顾家，尤其爱老婆。你知道吗，他跟你老妈谈这么多年恋爱，就没有一件事不听她的。我们都说，从来没见过一个男人这么宠老婆，而且是发自内心的宠,把她的所有事情都当成第一要务。就像下雨天,宁可自己湿透,也要把伞送到她面前。

丘比特，你说你老妈幸不幸福?

还有啊，找男朋友，富不富有并不重要。你老爸就是个农村来的穷小子，没有车，没有房，但他自己争气，考上大学，读了硕士,找到一份不错的工作。每天早出晚归,是部门最认真的员工,他那么辛苦，当然也有回报，你爷爷奶奶老家的大宅院，你现在住的房子，你家的小车，都是他的努力换来的。

这也是我最敬佩你老爸的一点。他在生活中,总是那么有奔头,好像所有的困难都不是个事儿。每次看着他，叔叔也有了那么一点拼搏的劲儿。

亲爱的丘比特，接下来，叔叔要对你提出一个请求。你不必答应，但请好好考虑哟。

你的出生，让叔叔对生活有了新的希望。那种新生的喜悦，从你老爸那里，传到了我的身上。从你出生的那天起，叔叔也开始努力，叔叔也想有个自己的孩子。最好是个男孩，那样，我就让他当你的小男友。你可以放心的是,叔叔的儿子,长得应该不丑,带出去也不会丢脸，我会把他训练成一个靠谱的小男子汉，只希望你不要介意姐弟恋。

怎么样，要不要给叔叔当儿媳妇儿?

好吧，现在说这些还太遥远。亲爱的丘比特，今天在办公室，我跟你爸说起了蔡康永为小 S 的孩子写了一本书，你爸傻乎乎地跟我说:“如果有一天你能出书，你也得给我宝贝女儿写一写。”

你看，你老爸都这样要求了，作为你的叔叔，未来的老公公，我怎么能不答应他呢？叔叔没有蔡康永老师那么好的文采，也没有那么多的人生阅历，可以写出整本书来送给你。叔叔只能把想对你说的一些话，写在这封信里，希望未来的某一天，当你学会了读书，看到这些文字，可以感受到叔叔的心情。

丘比特，我祝福你健康快乐地长大，也希望你们一家人幸福平安。

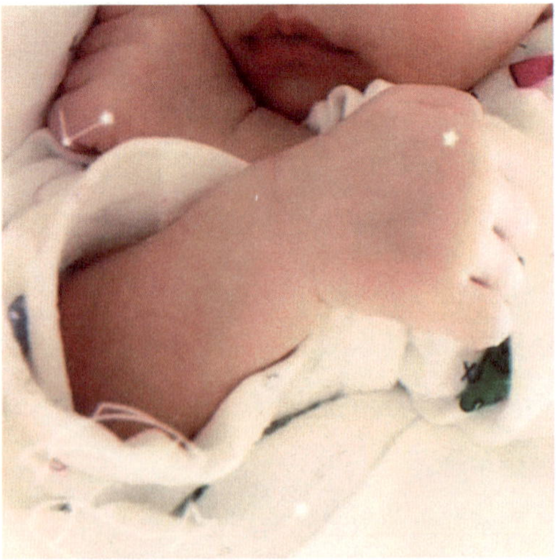

我去非洲了 / 贫穷的津巴布韦 / 改变别人不如改变自己 / 彻底放弃才能获得新生 / 岁月神偷 / 实习生 / 隐藏身份 / 给喜欢的你 / 勇敢的人做勇敢的事

Chapter ㊁

◇

我把远方送给你

我去非洲了

2016 年的 8 月 20 日，我正对着电脑假装工作，领导忽然走到我桌前，上下打量了我一番，说:“吉吉呀，你愿不愿意出个差？”

我工作六年了，一次差都没出过。在我们这儿，出差是领导给的福利，虽说出去也得干活儿，回来还得自己掏钱给全部门的人买吃的，不过只要能短暂逃离这个魔窟，自己掏钱也愿意啊！不过这差也不是想出就能出的，领导喜欢你，你可以天天出差；领导不喜欢你，你门都别想出。

很显然，我是“领导看不上俱乐部”的终身金牌会员，刚进公司半年的 93 后少男少女们都出了几轮的差，我却连城市旁边的农村都没去过。

所以领导这么一问，我一点没犹豫，赶紧答应，生怕他反悔。

不过随后我又有点担心，领导没事怎么忽然给我发福利呢？这太诡异了。我怀疑公司最近财务紧张，急需一大笔钱救急，然后对方公司的老总无意中看到了我，并被我的帅气吸引，于是要求用我换资金，出卖色相，当感情奴隶，上演一出乡村爱情版《五十度灰》……

显然是我想得太多了。

我忍了又忍，还是没忍住，问领导："× 总，去哪儿啊？"

"哦，非洲。"

"非洲哪儿啊？"

"津巴布韦。"

"哦……"我自诩去过很多地方，不过津巴布韦这国家还是第一次听说，感觉挺高大上的，没准还能看动物大迁徙，于是赶紧谢恩告退了。

结果回家上网一搜我就傻眼了，百度说由于极度的通货膨胀，津巴布韦是世界上最穷的国家，人均 GDP 只有 0.1 美元。除了穷，津巴布韦的人均寿命也是世界最低的，男的平均寿命 37 岁，女的平均寿命 34 岁。而导致过早死亡的原因之一是艾滋病。这个国家高达 20.1% 的人都携带艾滋病病原体！更可怕的是，2009 年津巴布韦四个最大的医院中，有三个被迫关闭了，就连该国唯一的医学院都关门大吉。

我说领导为什么笑得那么诡异，原来是趟苦差啊！我宁愿每天在单位加班，也不想出这趟差啊！

我妈知道这个不幸的消息之后，差点亲自打电话帮我辞职；我爸则气得抛下了他最心爱的热带鱼，要买机票来揍我们领导一顿。我虽然嘴里安慰他们没什么事，公出没有危险，有专人接待，条

件也不会太差，心里却也十分没底。非洲对我来说，是一块遥远又陌生的大陆，而位于这块大陆南部的津巴布韦，更是让我心惊胆战。说实在的，这还是我第一次去一个连攻略书都没有的地方……

然而担心归担心，工作就是工作。在胆战心惊中，我办签证，打黄热疫苗，准备霍乱药，买了七八种不同的防蚊喷雾和最高防晒指数可达 SPF130+ 的防晒霜，还在箱子里塞了好几包泡椒凤爪。之后，拖着一个巨大的皮箱，坐上了前往津巴布韦的飞机。

飞机先从上海飞到埃塞俄比亚的首都亚的斯亚贝巴，然后再转机到津巴布韦的首都哈拉雷，全程 26 个小时，左邻右舍都是黑人，一路下来，腰都快断了。

比较幸运的是，这个时段刚好是旱季，春末夏初，并不算热，一件衬衫，早晚套件外套足矣。

负责接待的是合作方的当地负责人，两口子事业有成，来之前我就听说他们有一栋大房子。当时我还不以为意，觉得在世界上最穷的地方有所大房子能有多了不起！而亲眼见到之后我才知道：天啊，真是太了不起啦！这哪是房子啊？简直是一处庄园！我仿佛穿越到美国的农场主时代，庄园里不仅有花园、泳池，还有靶场、网球场和高尔夫球场，甚至还有女佣和厨师。当我看到迎面而来，穿着粉红色女佣服的黑人大妈说“你好”的时候，感觉自己就是 *Gone with the Wind* 里的斯嘉丽。

不过我显然没有当斯嘉丽的命，华丽的是主屋，我被安排居住的地方是后院，紧挨着仆人房。好吧，其实环境也不错，至少床够软，屋子够干净，还能洗澡。虽然水总是忽冷忽热，虽然刚进屋我就被天花板上三只拳头大的花蜘蛛吓得花容失色，无措倒地，虽然每天晚上天花板上有比猫还大的老鼠集体蹦迪，咚咚咚咚，比我家楼上的熊孩子还能折腾。我生怕天花板被它们踩出个大洞，一睁眼一堆耗子出现在床上。

然而除了这些，一切似乎没有想象中那么糟糕，至少这里的天很蓝，云很白，人很友善，没有毒辣的太阳，也没有想象中的食人族酋长和巨型蚊子。

因此到达的第一天晚上，在这个传说中世界上最穷、艾滋病满天飞的国家，我美美地吃了一顿黑人大哥烹饪的地道四川菜，跟爸妈视频报了平安，敷着面膜啃了一包鸡爪子，没心没肺地睡着啦。

贫穷的津巴布韦

▼

津巴布韦的经济两极分化特别严重。土豪们过着农场主般的生活，仆人成群，饭来张口，衣来伸手，没事儿的时候在自己家院儿里游游泳、打打高尔夫啥的。至于穷人，有工作的每天累死累活赚一点点钱养一大家子人；没工作的到处找工作，连饭都吃不起。

所以能到富人家里当帮佣，其实是个好活儿。我借住的这个家里就请了许多仆人，还有一位厨师。这位厨师大哥本名太长了，雇主不乐意读，就给他取了个中文名，叫李刚。在这里我必须吐槽一下这位雇主的取名能力。他家里领养了只虎皮小母猫，特别机灵可爱，女主人管它叫瑞雯，多好听啊！结果雇主非得管它叫翠花不可，瞬间洋妞变村姑，更可恶的是这猫只记住了后者，叫瑞雯不搭理，一喊翠花就往人身上爬。

话说回来，黑人厨子李刚大哥虽是土生土长的津巴布韦人，却做得一手好川菜。水煮鱼、水煮肉片、毛血旺、红油百叶，完

全不在话下，第一天就做了一大桌好菜，把我给征服了。据说这位大哥以前在当地唯一的中餐馆打工，跟大厨学了好几年，后来被雇主看中，用两倍的薪水挖了过来。

我以前以己度人，总觉得给人家当厨师呀，仆人呀，就成了下人，抬不起头来。可在这里，李刚也好，仆人大姐们也好，完全没有那种自卑的样子。就连看门的大个子杰克，每次见面都会露出一口大白牙，笑嘻嘻地说“你好”，有种不卑不亢的友好。女主人告诉我，他们是真的没觉得低人一等，对他们来说，这就是一份工作，而且是一份待遇又好又稳定的工作，说出去是让人羡慕的。她举了个例子，如果你在国内某十强企业工作，你会觉得低人一等吗？不会吧，可事实上你也在给别人打工啊。我们都是别人的打工仔，只不过工作内容不同罢了。

我一想，还蛮有道理的。

在津巴布韦的半个月，除了工作，我基本没怎么外出。不过这里的治安还是不错的，因为太穷了，也没啥好抢的。出了我的暂住地，门外就是另一个世界。作为津巴布韦的首都，哈拉雷这个城市竟然连公交车都没有，唯一的公共交通工具是一种小面包车，没有固定路线，满城乱跑，看到路边有人就停下拉客，一辆原本七八座的车，硬是能塞进去十多个人，有的还自带小椅子，这要在国内妥妥是黑车。而就这样的车，也有好多人坐不起，更多的人来往全靠腿，每天走个十几里路那都不叫事儿。

路边也没有路灯，准确地说，有路灯杆，但没有灯泡和电线。据说路灯都是白人建的，白人跑了之后，有些人就把灯泡摘了，电线拔了。所以一到晚上，马路上基本漆黑一片，开车全靠猜，不过即便这样，也不用担心撞车，因为路上的车实在太少了。但是要小心路边的行人，黑人本来就黑，一到晚上自带隐形效果，不张嘴根本看不到人。男主人跟我说，刚来的时候，他在家附近溜达，看到迎面飘来好几副白牙，还吓了个半死。

这里娱乐设施也特少，整个城市只有一家健身房，两家大超市和一家新开的电影院，放的都是八百年前的老电影。肯德基是有的，不过全国就那么一家，吃一次仿佛过年。酒吧有，主要是给当地外国人开的。跳舞、唱 K、蒸桑拿、买潮牌？做梦呢。不过这也正常，都说酒足饭饱思淫欲，吃饱了才有精神娱乐，这里一部分人吃饭都成问题，哪有心思看电影、蒸桑拿？

而这一切还是在哈拉雷的市中心。在市郊，还有很多棚户区，一些在城里付不起房租的人家，就在这里居住。当地人盖房子挺有特点，通常是赚多少钱盖多少钱的房子。赚出地基钱，那就打地基，钱花完了就停工接着去赚，赚出砌墙钱了，再砌墙，花完了再去赚屋顶钱。所以这片区域有很多房子都是半成品，一些刚刚有了房顶的毛坯房，就被房主用来出租，补贴家用了。

我认识的一个小伙子肯尼就住在这样的地方。肯尼家有五个

孩子，他最大，下面有四个妹妹，其中三个是十八岁的三胞胎，还有一个才两岁。加上妈妈，一家六口租了一间十平方米左右的房间。没水没电，地上铺的两张破垫子就是床，旁边是做饭用的小煤气灶。就这条件，一个月还得 40 美元的租金。肯尼的爸爸前年失业了，目前在另外一个城市当矿工，几个月回来一次。妈妈给人家做家务，他和几个妹妹打零工赚钱，一家人一个月赚的钱加起来只有 150 美元左右，付了房租，勉强能维持生活。

“你们要是没钱了咋办呀？”我问肯尼。

“那就赊账呗。”肯尼笑得挺憨厚，一嘴大白牙，“我们家信誉度很高的，经常去同一家商店买东西，老板都认识我们了，要是

哪个月没钱了，缺什么东西，像油盐酱醋之类的，就先赊，有钱了立刻还上。”

像肯尼这样的家庭还有很多，大多是父亲外出打工，母亲做零工，孩子们平时也帮忙补贴家用。这里家家户户门口种了不少蔬菜，平时三餐基本都是水煮蔬菜，撒点盐，配上当地一种叫作萨杂的面食。我试着吃过一次，简直难以下咽，而他们每天却要吃同样的东西。

我觉得要是我过这样的日子，肯定没几天就崩溃了，肯尼他们却挺适应的。

“不适应也没办法呀！我穷，所以我得想办法活着。有空抱怨，不如去帮人盖房子赚点钱。”肯尼说。

晚上视频聊天，我跟我妈诉说这里部分人的惨状，我说：“人家饭都吃不上了，你还玩麻将，羞不羞愧？”我妈表示很羞愧，说：“要不你给人家买点东西，我给你报销。”我一想也成，当晚就求房主带我去超市。

一开始我挑好的买，进口糖啊，橄榄油啊，巧克力啊，高档面粉之类的，结果被女主人制止了，她说：“你这样不行，买这么贵的可不实用，还惹人眼红，你不如多买点便宜的，让他们用得久一点。大桶的花生油、高档面粉、可乐都别买，就买浓缩果汁，一桶兑水能喝一个多月，糖买大包的，买几包棒棒糖，到时候给附近的熊孩子一人分几个，省得没送到的家庭嫉妒。”

不愧是做到区域头头的女子，想得太周到了。

她说:“其实你帮不了多少忙的，不是有句话叫授人以鱼不如授人以渔吗？想帮他们，还是得给他们提供工作机会。”我说:“道理我懂，但如果什么都不做，我心里过意不去。”她表示很理解，说一开始来都这样，时间长了就习惯了。

然而当我把糖果分给孩子们，看到他们高兴的小脸儿时，又觉得时间再长，我也无法习惯对他们的困境无动于衷吧。

改变别人不如改变自己

生活里总会遇到那么几个让你感到不快的陌生人吧!

比如在公交车上随意放屁，比如在单行道上突然发呆，比如在出租车上随意抽烟……

每次遇到这样堂而皇之给别人带来困扰，却毫无反省之意的人，是不是很想脱下鞋来把他抽到墙上，撕都撕不下来?

然而没人想把生活过成格斗游戏，我们也不是拳皇，总不能一天到晚打打杀杀的，再说血溅到衣服上也怪难洗的。因此大多时候，我们只能捂着鼻子远离放屁的乘客，皱着眉头绕过发呆的路人，打开窗户让风吹散出租车里的烟味。

应了一句老话:惹不起，躲得起。

高中的时候，我上了一所寄宿学校，每周只有周末可以回家，其他时间都要住校。八个人一间宿舍，上下铺，厕所、浴室都是公用。那时候处女座的本性还在少年的心里沉睡，对于集体生活，我觉得自己还是可以忍受的。大不了不让别人碰我的床、我的盆、我的柜子、我的杯……

然而不到一个月我就崩溃了，原因不是夜晚的时候此起彼伏的呼噜声，也不是经常用别人洗衣粉的小气鬼室友，而是脚臭。

青春期的男孩子总是有双臭脚丫，OK，我理解。但是当七双臭脚丫聚在一起时，产生的化学气体是可以杀人的。我虽然并不是什么雪白玉足散发兰花香气，但至少每天定时洗脚，而且不爱出汗。其他的几位室友，不仅热爱运动，还很不爱洗脚，更不爱洗袜子，脱下来的衣物往往塞进床底下，十天半个月才洗一次，那味道简直可以让臭鼬自杀。

我们宿舍就这样出名了，每天晚上，只要一开门，臭味遍布整个走廊,大家都知道是从哪儿传出来的。当时宿舍楼经常有老鼠、蟑螂之类的，我们宿舍从来没有这种困扰，因为那些小动物还没进屋，就已经被熏死在门口了。

为了活下去，我做了许多努力，我劝室友们按时洗脚，勤换洗衣物，有段时间我还每天专门提前跑回来给整个寝室的人打洗脚水。我买了很多消毒水，每个星期都要来个大扫除。我还准备了口罩、蚊帐、香水，把自己的床铺武装成了堡垒。

然而很快我发现这些努力全都是白费工夫，就像你永远叫不醒一个装睡的人，你也永远洗不香一双臭脚，哦，是七双臭脚。每天晚上，寝室开门时还是一股臭气，出门的时候，别人像歌词里唱的那样“你身上有她的香水味”,我身上只有“他们的脚臭味”。

而且我把自己搞得也很累，我是来上学的，又不是给人家当

你现在所有的努力，

都是为了把那些人远远甩在后面。

洗脚婢来了。天知道我给我最爱的老爸老妈也才打过几次洗脚水而已！

所以在开学后的第三个月，我果断地去跟老师申请调寝室了。幸运的是跟所有的重点高中一样，我们的学校也是一切看成绩说话。教导主任告诉我，除了普通宿舍，学校里还有一栋精英宿舍，四人一间，费用稍贵，但位置有限，而且每个年级只有前 30 名可以申请。

我入学时的成绩是年级第 101 名，连尖子班都进不去，如果想申请到这样的宿舍，就要在下次分班考试的时候考进前 30 名，这简直比上天还难。但我当时已经被臭脚熏得失去了理智，管不了那么多，只能先试试。

于是接下来的时间里，我简直拿出了人生中最饱满的热情去学习，为了多进步一些，我还找了宿舍里一个脚相对没有那么臭的学霸帮我补课。别人以为我是想考个好名次，天知道我只是想逃离那些臭脚丫。

结果是喜人的，我的努力没有白费，分班考试的时候我简直是质的飞跃，从一百多名直接跳到了年级11，而帮我补课的那位学霸也考到了前30，这倒是让我没想到，不过他并不会跟我申请同一间寝室，这让我放心了许多。

后来我顺利申请到了寝室，很幸运的是，另外三个室友都是非常爱干净的学霸；更幸运的是，他们中的两个成了我人生中非常棒的好哥们儿，一直到现在。

所以我的逃离作战是成功的，如果我还在浪费时间跟那些臭脚丫斗智斗勇，那么一种可能是我被气死或臭死，另外一种可能是我也成了其中的一双臭脚丫。当然我说这个经历不是歧视臭脚丫的人，只是想告诉大家，有的时候与其尝试去改变别人，不如换个角度，先改变自己。

生活里会遇到许许多多不如意的事情，有些事情可以通过努力去改变（比如体重、工作、学业等），而有些是不可以的（比如我前室友们的臭脚丫）。如果走在人行道上，前面的人吸烟，如果你没权力去阻止他，那么就加快脚步，超过他，把二手烟甩在后面。

公交车上总遇到韭菜屁皇，那就去打车；出租车司机经常抽烟，那就买辆自己的车；小区条件脏乱差，房子漏水有蟑螂，那就努力赚钱，买更好的房子；周围的同事都是心机鬼，老板脑子里有大海，那就更加勤奋，争取跳到更好的职位上去。

改变不了别人，你可以改变自己。当你足够强大了，你会发现那些你曾经觉得是麻烦的事儿，已经不叫事儿了。当你觉得累的时候，只要想想，现在所有的汗水和泪水，都是为了让自己离那些讨厌的家伙远远的，都是为了以后可以站在高处，俯视那些曾经觉得恐怖的人，马上就有了动力呢。

彻底放弃才能获得新生

我家的茉莉生病了，叶子枯黄，不少还脱落了，就像是一位丰腴健康的少女，一下子变成了身无二两肉的黄脸婆，孤零零地站在窗台上，可怜巴巴的。

到花市一问，原来是生了红蜘蛛。人家告诉我，想治好，得先喷足了药，把土全换了，最重要的是，得把染病的枝叶全部剪掉。“全部剪掉？那不成秃枝了呀。”我有点舍不得。

“如果留着那些被虫蛀了的枝叶，只会反复感染。只有这样，才能彻底除根啊。”

没办法，好歹养了两三年，也不能眼睁睁地看着它挂了，只好赶紧回家，按照指示喷药换土，再拿一把大剪刀，咔嚓咔嚓几下，把那些泛黄的、没泛黄的叶子，有花的、没花的细枝，全都给剪掉了。再一看，嚯，黄脸婆成了秃头老太，简直没法看。这把我心疼得感觉像自己好不容易留了一年的头发，还没来得及染，就被教导主任给剃秃了一样。

秃了头的茉莉没精打采，既没有惹人爱的小花朵了，也没有淡淡的清香了。每周喷药的时候，真的很嫌弃。要不是从小养到大，我真想丢掉完事儿！谁愿意照顾这么一个丑东西呀！

一个月过后，这株丑东西开始蝶变。先是抽枝，然后长出了嫩芽，随后慢慢覆盖一层茸茸的绿叶。又过了一两个月，它又变回了枝叶繁茂的样子，甚至还长出了几个花苞。没过几天，又开出了淡淡的、香香的小白花。

还真是获得新生了。

由此又想熬一锅心灵鸡汤，想到在人生里，其实也有许多事情，是需要斩草除根，彻底放弃，然后重新开始的。

常常跟身边一些恋爱脑的朋友讨论这样的话题：恋人分手后，还要不要当朋友？

有一些朋友认为，即便分手，爱情没了，友情还在。两个人从相识到相爱，从陌生到熟悉，从必须化了妆才去赴约，到当面拉屎、放屁、抠脚丫，对方逐渐了解了你的一切，你喜欢的颜色，爱吃的食物，睡觉的姿势，你肚脐上方那颗不明显的小痣。你们也慢慢适应彼此的存在，习惯双人床的另一侧出现了另一个人。这样彼此熟悉的一个人，如果失去了联系，多可惜啊！

作为一个没心肝的处女座，我觉得，一样东西有了小小的裂痕，我都懒得去修补，如果不太贵重，直接丢掉换新的了事，何况是一段有了罅隙的感情。我不爱你了，你对我来说就是陌生人了，那些曾经彼此熟悉的过程，那个看惯了的身影，会很快从我的世界消失。

处女座最擅长清除痕迹了，不是吗？

我的朋友大 D 赞同我这个想法，甚至还要激烈一些。我虽然觉得分手了做不了朋友，不需要深交，但也没必要成为敌人，见了面相互礼貌地微笑一下，还是可以有的。

大 D 怒斥我虚伪，她的世界里除了黑就是白，压根没灰色。在她看来，分手就是陌路，断就断干净，藕断丝连，那是给自己添堵呢。

“前男友就像吐出来的东西，吐出来的东西，还能吃回去吗？你不嫌恶心啊？”大 D 说。

我看了看手里喝了一半的八宝粥，默默地决定不吃了。

大 D 人如其名，是个拥有 D CUP 的女孩儿。人好看，工作好，个性非常讨人喜欢。大 D 上得厅堂下得厨房，敢穿裙子扮淑女，也敢操板砖砸渣男。最让我佩服的是，这姑娘就像一只永远生活在求偶季的火烈鸟，总是燃烧在恋爱的路上。哪怕屡战屡败，也总是轰轰烈烈地开始，轰轰烈烈地结束，并且乐此不疲，享受整个过程。

我还记得上大学的时候，这姑娘看上了一位小学弟，花了大半个月准备给人家过生日。结果生日当天小学弟回老家了。大 D 硬是买了张机票，带着礼物堵到人家家门口去。

结果当然顺利搞到手。

我这种老东西，谈过一两次没有结果的恋爱之后，就仿佛身体被掏空，恨不得遁入空门。因此对于大D旺盛的求爱精力，我是极其佩服的。

大D说，谈恋爱就像在地里挑西瓜，你看中一个合适的瓜，拿起来抱在怀里，走了一段路，发现这个瓜被晒坏了，可你舍不得扔，觉得它还能吃。结果又看到一个更好更甜的瓜，于是把两个都抱在怀里……一路走下来，你手里的瓜越来越多，旧的不扔，新的又来，最后你还没来得及吃瓜，就被压死了。

你跟前任断得干干净净，才能全身心投入下一场恋情。总带着从前的回忆，藕断丝连，不但对不起你现在的感情，也对不起你自己。你抱着回忆过活，总是下意识地拿现在去比较：这个咖啡我前任也爱喝；那件衣服为什么现任不喜欢？为什么前任喜欢的现任都讨厌呢？

这恋爱还能谈好吗？

大D说得对，想向前走，还真不能回头看。爱情是这样，生活也是这样。

我写第一本书的时候，因为没经验，不知道怎么开始。那段日子整天捧着各类名家的著作狂看，恨不得把它们吃下去消化了。然后开始仿着写，结果可想而知。明明不是自己的东西，硬要塞进自己的书里，越写越别扭，怎么看怎么矫情，就像穿了别人的衣服，浑身不对劲儿。

我想把这些文字全部删掉，又觉得有点舍不得，好几万字呢，耗费了不少心血。可要是这么交稿子，别说读者们可能会拿书砸我，我自己也忍不了。犹豫了几天，最后我还是选择重新开始。

虽说开始有点难，可抛开了那些别人的东西，放手去写自己的感情和故事，反而更顺手了。

所以啊，有些时候，还真得把一些东西连根拔掉，再重新开始，只有把蛀虫都消灭了，才能开出更好看的花儿来。

岁月神偷

小学一年级的时候，大院里有个小男孩跟我同班，每天一起上学放学，一起做作业，一起玩泥巴。我记得他总爱流鼻涕，说话结结巴巴，一副小老实的样子。那时候，我们是彼此最好的朋友，连衣服都吵着要买一样的。我以为我们会是一辈子的好朋友，连两家大人都说，这俩孩子就跟亲哥俩似的，以后可要一起读高中考大学，互相照应啊。

后来爸爸工作调动，我们一家人去了南方，从此再没有联系过。几天前跟老妈视频聊天，她问我："你还记得以前楼里那个小谁吗？我今天遇到他妈妈了！"

我回想了好久，却只记得一张模糊的脸，脸上有鼻涕。

我的表妹比我小四个月，我们都是姥姥带大的，从小就在一起。那时候大人们都要上班，没上学时，我们这帮小屁孩就都由姥姥看着，附近的空地是我们的游乐场。那时候最高兴的事，就是跟表妹表弟们一起玩耍，抓青蛙、藏猫猫、过家家，就是一起看《还

时间谋杀了细腻的情感，

我们是漠不关心的帮凶。

珠格格》，都津津有味的。爸妈下班的时候要接我们回家，还都依依不舍，哭着喊着要住下来，偶尔成功了，几个孩子挤在大炕上，睡成一排，脑袋挨脑袋，看着电视，在被窝里折腾到半夜。

我以为我们会像电视里的表哥表妹那样，血浓于水，哪怕分离，也总会牵挂着彼此。可随着年龄的增长，我们去了不同的学校，不同的城市，走上了不同的人生，我们之间越走越远，甚至数年不曾通话。彼此人生中重要的时刻——升学、毕业、结婚、生子，都因为远在他乡，而无法相聚。她甚至没有来过我的新家，我也不曾参加她的婚礼。

大学最后一个学期，我才找到两情相悦的人。毕业前的那段时间里，我们两个人急匆匆地约会，恨不得把情侣间的那些甜蜜都压缩起来，在一天之内都经历一遍。那个时候，我们只知道毕业代表着分开，而不知道分开代表着分手。我们太年轻了，还不懂距离的可怕，只是傻傻约定，将来，要在同一个城市生活。

刚分开的时候，几乎每天一个电话。说彼此的生活，新鲜的际遇，陌生的环境，未来的憧憬。我们总有说不完的话题，一句话没落，下一句就冲了出来，总是要话筒滚烫，电池没电，才舍得说再见。然而好像也没过多久，可以聊的东西像是被透支完毕，再也没什么好说的。电话越来越少，即使接通，彼此之间的沉默也越来越多。

终于，连再见都没说，这段感情就悄悄再见了。

小时候，大人们常常逗我，问我谁是我最爱的人。那时我毫不犹豫地回答："姥姥！"

我曾经特别傻地幻想，假如有一天有坏蛋劫持了姥姥，要我拿命去换，我肯定毫不犹豫牺牲自己。如果姥姥出事了，那我也不活了！

慢慢地，我长大了，不再是那个需要姥姥照顾的孩子了，我去外地上小学，上中学，上大学，读研，工作，我回老家的次数越来越少，每次回来，也只是默默地坐着，不知道该跟姥姥说些什么。而姥姥还是和往常一样，用干枯的双手，摸摸我的脸，掐掐我的手腕，贴贴我的额头，然后慈祥地说："我的大外孙，怎么又瘦了？"

去年，我的姥姥去世了。

姥姥瘫痪在床时，我就有了心理准备，只是没想到，她会这么快离开。姥姥离开的第一个星期，我几乎无法思考，满脑子都是小时候，在那个小小的平房院子里，姥姥隔几分钟就推开门喊一句："大宝贝，你别往外跑呀！"

我以为这种悲伤的状态会持续好久好久，可能很长一段时间，我都无法振作起来。然而只隔了几个月，我就恢复了正常的生活。虽然想起姥姥的时候，还是会难过，会遗憾，会内疚，但已经没有那种痛彻心扉的感觉了。

我遇到过很多很棒的人，和他们在一起度过了许多快乐的时光。哪怕相隔再远，我们也相信，这段友谊会持续很久，不会被遥远的距离打破。然而我们错了，跟时间比起来，距离的确不算什么。

当群里的声音越来越少，当一个个头像变成灰色，当你看到美丽的风景拍下来把照片分享给大家，却没有人回应的时候，你会发现，时间，真是个残酷的小偷。

它毫不犹豫地把回忆和快乐偷走，然后冷冰冰地旁观着我们遗忘。

它会嘲笑曾经的誓言与承诺，带走永远和未来，把分离和现实甩在地上。

它偷走了一切，留下的，只有我们很忙。

实习生

▼

我最近认识了一位霸道总裁。总裁本科毕业，考上了研究生，正值假期，便到我们公司体验基层生活，也就是当实习生来了。

这位实习生来的第一天就光芒四射，名声传遍整栋大楼。据说某某领导亲自将其接上来，亲自帮忙办理手续，亲自交到了公司里最刻苦、最优秀、最有前途的员工手里，再三嘱咐他一定要好好地教，用心地教。

这个员工就是我。

其实我挺喜欢带实习生的，尤其是男实习生，因为跟女实习生比起来，男实习生更“耐用”一些，工作里有什么重活累活，你可以放心地带着他去干，不用担心累着人家。什么？男实习生也可能很娇弱？那我就不娇弱吗？这年头谁还不是个宝宝呢？

我的脾气不太好，在工作上，实习生犯了错，如果是男孩子，往往可以直接粗暴地怼，叫他深刻认识错误，下次不再犯。换了女孩子，总是不太好意思骂，生怕凶一点，把人家弄哭了，下班的时候再被对方的男朋友堵在门口揍一顿啥的；要是不批评吧，觉得有点不负责任，而且憋着我心里也不爽，结果常常是忍着火气，还得好好组织一下语言，尽量温柔礼貌地去跟人家谈心，虽然这并没有什么作用。

因此当领导将总裁先生交到我手上时，我还蛮开心的，心想又有一个新鲜劳力可以压榨了。然而很快我就笑不出来了。领导刚走，总裁先生就拖了一把椅子，一屁股坐在我旁边，左手搭在我的右肩上，右手把玩我放在桌子上的手机，十分自然地说："哎，你看起来不大啊。"

他如此不做作，让我十分惶恐。

我猜总裁先生一定是跨国集团的公子，抑或是某古老家族的第 ×× 代传人，再不济也是煤老板家的独生子。这种猜测并不是因为他开着豪车、戴着名表或者穿着上万块钱的衣服鞋子，而是这个小伙子的种种行为实在太霸气。

比如遇到不懂的事情，他问你答，还没答完，他就打断，说他知道了；聆听上级训话时，一般人大多乖乖站好，微笑点头表示收到，他则弯腰前倾，用强壮的手臂把领导圈在怀抱和办公桌之间，直接来个桌咚；再比如不管喊谁，年龄多大，他都用"哎"来称呼："哎，你让我干什么？""哎，我师傅让我问你这个怎么弄。""哎，我可不给你拿快递。"

他来上班的第三天，工作需要早起外出，我担心这位总裁不适应，就没有带他，而是委托给同事，想让他舒舒服服地坐办公室。

几小时后我收到微信，总裁先生很不开心，质问我为什么没有带他一起出去，得知原因后，他说，师傅，这种事情，下不为例。

下！不！为！例！

百科词典的含义是下次不可以再这样做，表示只通融这一次。如果再有下次，是不是总裁就让我失业了？

从此我坚信我的这位实习生肯定来历不凡，因为如果不是家世显赫，我实在无法相信以他这样的脾气能顺利活到现在不被人打死。

当然啦，相处一段时间之后，我发现总裁只是不太懂人情世故，还是挺好学，也挺耐骂的。

虽然总吹嘘自己是十八岁的美少年，但不得不承认，我这个美少年已经三十岁了。参加工作的七年里，我带过的实习生，少说也有十几个，其中有男有女，有土鳖有土豪，有特别懂事的，当然也有非常奇葩的。很有趣的是，我带过的女实习生，名字里几乎都带了一个“晓”字。什么晓雅、晓嫚、晓萌、晓菲……哦，还有个男生叫晓强。如果不是他们来自不同的城市，有不同的姓，我真怀疑是哪个家族“晓”字辈的孩子轮流过来实习了。

我带的第一个实习生叫晓雅，当时我也才工作一年多，自己还是只菜鸟，突然给了我一个实习生，心里好开心。当时我觉得，能带实习生，证明领导觉得你够优秀，可以独当一面。后来我才发现只是因为来实习的人太多，几乎人手一个实习生，实在没人带了才给我。

晓雅第一天来也是非常引人注目。当时是夏天，这姑娘直接穿着抹胸热裤就来上班了。两条白花花的大腿晃得人眼晕，办公室里的某个老色狼哈喇子都要流下来了。我们领导当时脸就黑了，让我跟晓雅好好说说，上班要穿得正式一点。我们公司对着装有要求，男的要有领有袖，女的裙子不能低于膝盖，绝对不能穿得太前卫，平时我们穿个胯裆裤或者戴个大耳环都要被训一顿，别说这种暴露的穿法了。好在晓雅是个听话的姑娘，第二天就换了老气的衣服来上班了。

有听话的，就有不听话的。我记得有个男同学就比较叛逆，心高气傲，眼高手低。我相信不少公司和我们一样，实习生要帮前辈跑腿，比如拿快递、倒茶水。别说实习生，我作为新人的时候，也没少干这样的事。我并没有觉得这是什么掉价的事，反而认为这样能快速帮我融入到这个环境中来，还能在一边学到东西。而我的这个男实习生显然不这么想，同事叫他拿快递的时候，他毫不留情地拒绝了，说我不是来这里学拿快递的。

其实于情于理，他并没有错，来我们这里，当然是为了学习业务，又不是快递小哥，也不是端茶小妹，没有必要跑腿。可问题是，他想学习的业务，都掌握在这些需要他拿快递、端茶水的人手里，而且，没有人有义务教他呀……也许他是付出了某种代价才能来实习，但那跟我们有什么关系呢？说得俗气一点，你想要一样东西，就必须用另一样东西来换，职场又不是学校，更何况学校还收学费呢。

我的这些实习生往往什么专业都有，中文系、哲学系、电影系、表演系，还有个学体育的，我叫他壮壮。壮壮据说专门练的是铁球、铁饼之类的项目，手臂比我大腿还粗，两个正常人合力才能搬起的箱子，这孩子一个人就能扛起来。什么大桶水啊，桌子椅子啊，来闹事的无聊人士啊，壮壮单手就能搞定。那段时间，我特别有安全感，感觉身边站了个浩克。

我带的这些实习生，结束后虽然散落天涯，但基本还是会有联络。我喜欢带实习生，不只是因为可以有个免费的劳力，主要是从他们身上，我可以看到曾经的自己。那个什么都不会，什么都不怕，什么都想试试的年轻人，犯了错，挨了骂会沮丧；学到了东西，被表扬了，会大大方方地笑出来。这些都是在职场中，逐渐被抛弃掉的东西。而看到一个人，从一个菜鸟，逐渐成了一位勉强合格的新人，那种成就感，远远要大于传授知识时的疲惫。

我想，这也是很多教师热爱自己岗位的原因吧。

隐藏身份

最近在玩一款游戏，每天下班回家吃过晚饭就坐在电视前，运动都不做了，直到老妈威胁拔掉电源才肯去睡。

对于我这个年纪的人来说，确实有些沉迷了，可是，这款游戏真的好玩啊！游戏的主角是一群高中生。和所有故事的主人公一样，平时看不出他们有什么特别，可是在某些时候，他们会变成怪盗集团，不偷钱，不偷名画，而是潜入人们的意识里面，偷走别人的心。

他们利用这种特殊的能力，去替天行道，让那些大坏蛋改邪归正。

我很喜欢这种设定，在很多漫画和电影里，主人公也都会隐藏身份。比如超人，不拯救地球的时候，只是个不怎么起眼的小记者，虽然我实在搞不懂，为什么只是戴上眼镜，大家就认不出他来了；再比如美少女战士们，不用魔杖变身的话，就只是一群正在上学的美少女，虽然我也不明白，为什么只是换了套衣服，大家就不认得

她们了；再比如侠盗佐罗、蝙蝠侠、蜘蛛侠、钢铁侠……

拥有隐藏的身份，感觉一定很爽吧？

一个不起眼的收发室大爷，没准就是传说中的 Mail Man，把信件和报纸当武器，嗖嗖嗖地射向坏人；清洁工阿姨也可以变身成扫把魔女，骑着魔帚满大街飞舞。

拥有隐藏身份，就等于拥有两个完全不一样的自己。

不过除了超级英雄、魔法少女们，在生活里，许多人也有隐藏身份呢。

比如我的死党兔兔，表面上看，是某公司的管理阶层，戴着小圆眼镜，一副干练的样子，用 2500 块钱的薪水压迫着初出茅庐的小实习生们，还骂哭了几个失恋的小姑娘。可谁会想到，公司里的大魔王，下班后会在网上写小说呢？还是那种超级狗血类的，每一篇的主角都像闯关一样，攻破一个又一个男子的心，最后过着没羞没臊的生活。

朋友团子，日常生活里是个基层干部，不苟言笑，患有面瘫，往往大家笑得前仰后合，到她这里嘴角都不翘一下。而私底下呢，她其实是个少女心患者，追剧追星追浪漫，连地铁卡都用魔杖型的。偶尔晚上还会戴着钢铁侠面具去骑单车，是双眼会闪光的那种，把路人吓得半死。

再比如我的同事们，在业余时间，大家也都有不同的身份。有的是零食店的老板，有的是绘画达人，有的是健身狂魔，还有的专门卖假大牌。

当然啦，我也有隐藏身份。

我呢，其实是个酒吧歌手。每天下班，都会脱掉格子衬衫和西装短裤，换上紧身皮衣裤，戴上耳钉，露出文身，和我的乐队在各个场子吼摇滚，跟客人们大喝洋酒。因为唱得不错，在本地夜场蛮有名气，大家都叫我百灵鸟阿吉，还被星探看中，准备参加下一季的 ×× 好声音，让杰伦老师为我转身。

当然这只是在梦里。现实里哪个酒吧愿意邀请我去唱歌，估计是为了庆祝六一儿童节。

在单位里，我就是个普通的职工，岗位不怎么重要，工作不怎么出色，长相不怎么闪亮，性格也不怎么讨喜。如果存在感可以用从 1 到 10 的数字来划分，那么我应该是个 2 吧！我是如此不起眼，以至于单位里有些同事，面对面地走来，都仿佛没有看到我，目不转睛地擦身而过。生活里呢，我也不是什么重要的角色，提到我，大家顶多会有个大概的印象，然后说句好像是有这么个人。总之就是个壁花人物。

我的隐藏身份可精彩多啦。我可以是网络广播剧配音员，跟许多热爱配音的人一起，扮演不同的角色；我也是音乐节目主播，每周一次的节目里，读读听众的来信，放自己喜欢的歌，聊最近的生活，给感情的建议；我还是微博知名搞笑艺人，PO美食，讲段子，拍些傻了吧唧的照片逗大家开心；最让我骄傲的是，我还是个十八线的小作者，虽然只出过一本书，但貌似卖得不错呢！

我对我的隐藏身份是如此满意，以至于不愿意跟生活分享它。

直到现在，我出书这件事情，身边除了爸妈和几个非常要好的朋友，并没有多少人知道。我才不愿意跟那些不够熟悉的人分享自己的秘密呢。在他们眼里，我只是个没内涵、不合群、没眼色、很奇怪的家伙。记得某次在书店偶遇一个同事，对于我出现在书店这件事，他感到十分惊讶，挑起眉毛，声调高八度地问我："你还看书啊？"

"我不仅看书，我还写书呢！"

他仿佛听到了天大的笑话，像啃了八斤玉米的野猪，呼呼呼地笑了出来，然后对我说，如果我写出一本书来，他就把它吃掉。

好的，这个同事，看到这一段，你可以去吃书了。

虽然我真的非常想看人类吃书的场景，想知道他一口气可以吃到多少页，吃完之后会有什么样的不良反应，但当时我还是忍住，默默走开了。在没有足够的实力保护自己之前，我的隐藏身份就像超人的底裤，我希望永远不会有人扒下它。有些宝物，自己拥有就好，不需要让别人知道。

而且，扮猪吃老虎的感觉真的不错，不是吗？

给喜欢的你

喂，我喜欢你。

在这封信的开始，与其说“你好”，不如说这句我最想对你说的话。我当然希望你好，但我更希望你知道，我喜欢你。

是的，你没眼花，这不是什么愚人节，也不是国王大冒险的愚蠢游戏。我喜欢你，所以认认真真地对你表白。

你是不是觉得很不可思议？我，怎么可能会喜欢你？

这个问题，也许只有天知道。我也蛮想搞清楚，我为什么会喜欢你。

我和你，根本是两个世界的人嘛。我们的人生观、价值观完全不合，我们的生活方式、交友圈子南辕北辙，我喜欢的东西你一窍不通，你擅长的玩意儿我毫无兴趣，我们没有共同话题，我们不在一个频道，在我喜欢你之前，我们说过的话，还没有我跟楼下保安大爷说得多。

我怎么会喜欢你呢？你不算好看，又不会打扮，最近还有点发胖；你眼睛小，嘴唇总是很干，脸上还有几个痘痘；你身材又不好，你身上不香，我仔细观察了好久，也没有发现你的内在美。

你说我喜欢你什么呀？你又不像我的那些朋友，我开心的时候陪我笑，我难过的时候陪我哭，一件小事情，也能在一起叽叽喳喳好久，总有聊不完的话题；你也不像我的那些哥们儿，几百年不见，一句话就回到从前，不管有什么困难，他们都可以当我的后盾。你不是小棉袄，你不是小背心，你是橱窗里的非卖品，我可以看，可以摸，可以试，却不可以拥有。

我喜欢你什么呀？你又不会唱歌，又不会跳舞，又不会讲笑话，连说话都不会。跟你聊天真痛苦，绞尽脑汁，拼尽全力，努力找一百个话题，才能勉强聊下去。拜托，哪有人会拿体重当话题，聊个一整夜呀？如果不是喜欢你，谁要管你会不会钉扣子！

我干吗要喜欢你呢？你又没钱，又没我优秀，又不像我崇拜的那些人生赢家，有了不得的本领，有让人臣服的魅力，有时间打磨的风韵。人家走在人群中会发光，你呢？你只有在我的眼里会发光。

看到这里，你一定会生气，你会说，这哪里是表白？这明明是要打架。可我要说的是，你看，即使我说不出为什么，可我还是喜欢你呀。

我看了部电影，爱情片，甜到腻。电影结尾，闷骚总裁对俏皮小厨师怒吼："你那么多缺点，可我就是喜欢你，我不知道会不会喜欢没有缺点的你，因为我没有办法控制我自己不喜欢你啊！"

只是今天天气刚好，

阳光正暖，

路上的花很好看，

我亦喜欢上喜欢你的自己，

仅此而已。

对嘛，喜欢又不是感冒病毒，哪能控制得住啊？

我不记得什么时候开始喜欢你了。以前，你对于我来说只是个模糊的轮廓，喜欢你以后，我的眼里才有了你的样子。你肯定不知道，我总是不受控制地偷看你，我看了那么多次你的后脑勺，我比你还要熟悉它的样子。

喜欢你是什么感觉？

下雨天的时候，想为你打伞；看到美丽的风景，想有你在身边；吃到好吃的东西，想和你分享；想到你的时候，心情会变得很好。

随时随地都想和你在一起，哪怕聊那些无聊透顶的话题。

喜欢你之后，阳光很美，野花很香，我因此爱上现在的自己。

其实我最讨厌暗恋了。暗恋的人毫无尊严，像条狗一样，被某个人牵着走。凭什么要为一个人笑，为一个人哭，为一个人偷偷做没有结果的付出呢？那样的蠢事，做过一次也就够了。

可对你表白，我又不够勇敢。我又不是《风月俏佳人》里的理查·基尔，可以带着豪车鲜花，像王子解救公主般，爬上朱莉娅·罗伯茨的公寓；我也不是《电子情书》里的汤姆·汉克斯，可以假装陌生人，在 e-mail 上跟你诉说心情；我也不是《初恋 50 次》里的亚当·桑德勒，可以永不言弃，一而再再而三地去重新追求自己喜欢的人，我的喜欢像玻璃，被打破一次，就再也拼凑不起来了。

你看，我就是这么懦弱自私的一个人。想爱，却怕受伤害，所以一直藏在自己的房间里，等别人来敲门。可是你比我还要敏感，还要懦弱，还要怕受伤害。如果我不主动去敲你的门，我们恐怕永远会被困在自己的小屋里。

所以现在，我要主动点了。我鼓起勇气，认真对你表白。

我喜欢你，我想和你在一起。

我不想说什么“喜欢你是我的事情，我只想表达出来，你不用有负担”之类的鬼话，我也不会说“没关系，即使你不喜欢我，我们还可以做朋友”之类的话。我不想做你的朋友，我不要你的拒绝，我只想听到你说：“我也喜欢你。”

喜欢一个人很难，两个人彼此喜欢难上加难。可是世界上那么多奇迹，没准会发生在我们之间呢。

所以，当你收到了这本书，翻到了这一章，看到这篇我的表白，我想，你应该会明白我的意思。

既然都看到这里了，你还在等什么呢？赶快给我打个电话，告诉我：

“喂，我也喜欢你！”

勇敢的人做勇敢的事

年轻时或多或少喜欢过一些人，有的惊鸿一瞥，有的久久不忘。然而几乎都是单相思，连接近都不曾有过。原因无他，只是懦弱。

怕拒绝，怕受伤，怕喜欢的人露出厌恶的表情。

上本书里提过，初中时喜欢一个女孩子，鼓起勇气，在她生日那天买了礼物，结果被拒绝，礼物也换成了食物，进了哥们儿的肚子。

从那之后，喜欢仿佛是一个死循环，注定得不到好结果。

大学时暗恋，单相思四年，博客写了十万字，做了一堆乱七八糟的事情，结果毕业时连句话都没说。我的那些幽默风趣、侃侃而谈，在心上人面前成了尴尬的灰，呼吸之间，烟消云散。

梦里甜言蜜语，醒来相对无言。

跟朋友聊天，谈到那些为爱做过的勇敢的事。兔兔说，初中的时候她暗恋一个男孩子，喜欢了好久，喜欢到但凡电视剧里某个男演员与他有一星半点相似，都会追着看完全集——哪怕剧情无聊到死，妈妈都喊换台。毕业的时候，兔兔决定“办”了这个男孩子，她跑到人家楼下，把人骗下来，送了一本关于暗恋的书，对那个男孩子说：“有人让我把它给你。”

书里面夹着一个QQ空间地址，空间里写满了兔兔对男孩子的表白。

然后男孩子成功被“办”了。

你们一定很想知道最后兔兔有没有成功勾搭到这个男孩，对不对？我也是。

答案是没有。男孩子看了表白之后十分感动，约兔兔出来见面，两个人聊得很开心。可在男孩子露齿一笑时，兔兔发现他有一口大黄牙。

结果见光死。

我翻了个大白眼，喜欢那么久，连人家牙齿都没注意过？兔兔说，喜欢一个人的时候就像戴着眼罩，把那些不好的都过滤掉了。唾手可得之后，眼罩就被摘掉啦。

喜新厌旧的速度飞快，兔兔对于爱的勇敢，是我望尘莫及的。好像只要她喜欢的，就会努力去争取，不会像我一样，思前想后，憋死在心里。

兔兔说：“我年轻的时候特爱干这种事，哭啊，难受啊，被拒绝啊，都没个怕的。彻底痛过之后就特别容易放下，我喜欢拿起来和放下的主动权在自己手里。”

虽然我嘴里说着“这种主动权不包括你身上的肥肉吧”，心里却特别羡慕这个彪悍的娘儿们。

我觉得自己亏大了，我都没有勇敢过。

以前除了怕受伤，心里还有着小骄傲。我喜欢你，干吗要让你知道？喜欢你是我的事，想和我在一起是你的事，你不主动表白，我干吗要先开口？就是这样的想法，害我总是默默地、安安静静地喜欢对方，甚至故意疏远人家。好像被对方知道，就输了一样。

年纪大了，心里的那点骄傲也没了。遇到了心动的人，要么觉得自己太老，要么觉得自己太丑，年轻人就像鲜花，我这古老的花瓶，可配不上人家。于是只在远处静静观望，尽自己能力对那人好些，扮演个守护小天使的角色，自我娱乐一下便足够了。

为什么两个人就不能像磁铁那样，N 极 S 极，对了头，贴在一起就是了，非得像混成一团的钥匙和锁不可，一个又一个地配对尝试，排列组合，插插拔拔，麻烦得很。

看星座，摩羯、处女、金牛喜欢一个人时，常常憋在心里，无论怎么难受，都不肯告诉对方，堪称忍者神龟。可我的朋友 A 岳是个典型摩羯，却做了件十分不摩羯的事情。为了给喜欢的人过生日，他提前去了好多不同的国家，每到一个地方，都会请那里的陌生人，用当地的语言，说一句生日快乐。这样一句一句地收集，做成了一段几分钟的视频，在生日当天发送过去。时间虽短，却浓缩了好多情感。

“那都是年轻时才敢做的事情，现在已经没有那样的勇气了。”A 岳说。

是啊，我们都已经过了可以随便勇敢的年纪，成了所谓稳重的人。喜欢一个人也不像过去那样单纯，有太多的因素挡在前面——年纪、家境、个性、外界眼光、家人期盼，再也不能像小时候那样，因为某个微笑，某个背影，某个一闪而过的瞬间，去喜欢别人了。

然而还是会羡慕那些可以勇敢的人。

前几天，单位里一个年轻人突然辞职了，说要去英国读书。我们都很惊讶。一是我们工作稳定，收入算可以，这位小伙子又十分努力，前景很明朗；二是这家伙是位二次元宅男，平时沉迷游戏动漫，精通日语，常去日本玩耍，从来没去过欧美国家，英文更是烂得很，如果要去留学，也应该去日本才对。怎么都想不通，他为什么会突然辞职去英国。

有一天遇到他来交申请，简单聊了几句，才知道原因。原来他在工作中遇到了一个姑娘，then love at first sight，两个人很快走到了一起。姑娘在英国留学，假期结束就要回去读书，为了不让这段感情被距离磨灭，小伙子毅然辞职，去英国找恋人。

那歌手唱着：

“我没有温柔，唯独有这点英勇。”

我了解到，因为这家伙英语实在太烂，考了三次雅思，都达不到学校要求的分数，现在正准备考第四次。

“要是再考不过，我就选择去那边读语言班，至少还能每天见到她。”

他说这句话的时候，我觉得这个平时总被我们嘲笑丑的年轻人，突然变得特别帅。

Chapter三

◇

成为像自己那样的人

心里有只默默然

《神奇动物在哪里》上映了，作为一个波特粉，我当然看了两次，一次是跟A岳，另外一次假装身体不舒服，翘班去了电影院。

实际上不算假装，这电影不刷两遍，我的确觉得不舒服。

主角叫纽特，高富帅，知识渊博，还带着一群又神奇又可爱的生物，非常吸粉，然而我这篇文章并不打算写他。

我想写的是被利用的小配角。小配角叫克莱登斯，是个身世凄惨的小可怜。爹妈早死，养母虐待，动不动就挨皮带，更可恨的是导演还给他剃了一个瓜皮头，难看死了。

克莱登斯的妈妈是个恐同，哦不，恐魔法狂人，每天不干正事，专门派可怜的孩子们到处发传单，宣扬巫师应该被烧死。家里哪个小朋友要是不小心弄来跟魔法相关的东西，比如一根魔杖，克莱登斯就要挨抽。

咦？为什么别的小朋友犯错，要克莱登斯来挨抽呢？

因为他是小可怜啊。

为了推动情节发展，小可怜必然地被大魔王玩弄了，当然并没有玩弄肉体，毕竟这是给小朋友看的片子，不过是被玩弄了感情。大魔王让小可怜帮忙，找一个有强大力量的熊孩子，并且答应他，如果找到这个孩子，可以让他跟自己并肩而立。

小可怜极度缺爱，急需要别人认同，再加上大魔王是个很会撩的渣男，长得帅，还有胡茬，又是拥抱又是摸头，又是疗伤又是戴项链，还 eye to eye 地对他说“你对我来说是特别的”“我相信你，我很少这么相信一个人”这种类似调情的话，所以小可怜理所当然地上当了，死心塌地帮忙。

渣男之所以是渣男，就是因为他玩完就扔。小可怜替大魔王找到了那个孩子，大魔王当场就把他抛弃了，跟丢一块臭抹布似的。

还对他说：“你这个死哑炮，你后妈死了就是给你的回报，现在咱俩玩完啦！”

然后小可怜就黑化了，原来有强大力量的熊孩子，不是他找到的那个神经兮兮的小妹妹，而是小可怜自己。大魔王高兴坏了，赶紧道歉，想让他重回自己怀抱。但小可怜不干了，他怕再受伤，于是发狂了，化成黑烟，毁了大半个纽约城，还差点暴露魔法世界。在称职地完成自己反派的作用，衬托出男女主角的伟大与善良、大魔王的邪恶之后，小可怜被一堆人用魔杖炸成了灰，生死未卜。

看完电影，一些人为小可怜抱不平，觉得大魔王太缺德了，怎么能这样玩弄一个小男生！也有人觉得小可怜够笨的，给点阳光就灿烂，自己几斤几两不知道吗？怎么会有人无缘无故地对你好呢？

我也觉得小可怜挺傻的，一个长期缺爱的人，得到一点温暖就会紧抓住不放。就像饿了十天的野狗看到肉，会不要命地冲上去，哪怕吃了就会被活活打死，也得先咽下去一口。所以大魔王给的那些温暖，即使知道是虚伪的，小可怜也依然会选择靠过去，假装自己没发现。

所以，他活该被炸成灰。

生活里不也有很多这样的小可怜吗？你喜欢的那个人，约了十次有九次不出门，还有一次放鸽子，不管发什么微信，回复的只有“哦”。他的每条朋友圈你都点赞，他的每条微博你都要抢沙发，而你的每条状态，哪怕是生病了，在医院打吊瓶求安慰，他就像瞎了一样，根本看不到。可随后你又发现，在同一时间，他却正在跟别人打得火热。

也许，对方只是没看到，或许，对方只是不习惯用社交网络……你找出一千种理由，终于安慰了自己，成功让自己相信，对方，还是喜欢你的。因为，你看，他怎么不接受别人买的水呀？她怎么不让别人帮忙搬东西呀？每次快要放弃的时候，他突然回复的一句话，她一个漂亮的微笑，就是继续下去的动力呀。没准再努力一点，就有个圆满的结局呢！

因为缺爱，所以得到一点就格外珍惜，哪怕为此受尽伤害，也甘之如饴。用俗话说，是给点阳光就灿烂。心理学上，叫斯德哥尔摩综合征！我虽然不是受虐狂，却也有过这种心情。暗恋时的自我感动，做尽蠢事只为了得到一个目光；就职后想找认同，努力加班只为了让领导点头；得不到的时候拼命想拥有，得到后想要更多。

想到某段时间对某个人的疯狂迷恋，为其放弃自我，想把全世界的好都赠予她，甚至勉强自己去做不喜欢的事。朋友有笑我的，有骂我的，我却安慰他们，安慰自己：喜欢一个人，是多么开心的事。那时反复播放的《浪费》，简直唱出了我的心事："没关系你也不用给我机会，反正我还有一生可以浪费"；"没关系你也不用对我惭愧，也许我根本喜欢被你浪费"。

直至发现所谓的两相情愿不过是自己自作多情，直至看到自己的心意被当众糟蹋，直至某天晚上，拎着被倒空的汤壶，路边便利店映出一张落魄的脸，才突然觉得羞耻，觉得惭愧，觉得自己是个贱人，觉得自己对不起那些珍惜我的人，对不起那个努力活着，一直骄傲的自己。

我不记恨被拒绝，却无法原谅糟蹋一片真心的人。你借着我的喜欢，享受那种被特殊对待的感觉，不想承诺，不愿拒绝，把我的心吊在半空中，当成可以炫耀的风景。然而我并不是那么无私的人，我的付出，想要更多回报。清楚得不到的，我绝不会再纠缠。之前的暧昧是我眼瞎，继续妄想纯属犯贱。

我有那么多人喜欢，凭什么被你浪费？

《神奇动物在哪里》里面有个叫默默然的东西，住在人的身体里，它们有着疯狂的力量，会吞噬生命。我想我们的身体里也有一只默默然，它贪得无厌，叫嚣着要更多的爱。

而我杀死了我的那只默默然。

我知道承诺是谎言，

却愿意假装去相信。

在香港

得知将去香港，心中并没多少兴奋，反倒为随之而来的琐碎之事心烦不已：行李怎么收拾？房间谁来看管？我的那些鱼和花儿可怎么办？

我爱旅行，但也挑剔。对于繁华都市，比如北京、上海、广州、香港等，向来避而远之。不是它们不够好，只是我自卑，不敢与那么多陌生人擦肩而过。高楼大厦太多，我害怕窒息。也因此即便在澳大利亚读书时屡次途经香港，都没有想要逛逛的冲动，只是停留在机场内，仿佛那是一座护我安全的堡垒。

然而工作即是工作，容不得我任性。忙碌之中，便到了出发的日子。我们从罗湖出关，经过长长走廊，坐上地铁。那天很闷，我穿着破洞牛仔外套，躲在空调口下，吹着冷气。周围有内地游人，提着大包小裹的行李，或充满好奇地四处打量，或打开地图商议稍后行程。亦有本土居民，下班之后一脸疲惫，只想早些回家痛饮啤酒，或洗澡睡觉。还有深圳、香港两地奔波的人，异地工作，异地上学，日日上演《双城记》。

为了省钱，为了方便，我们的酒店订在殡仪馆隔壁。据说有不少名人光顾于此。有同事开玩笑，若是阴气够足，没准儿半夜还能遇到一张相熟面孔。我说：“那你可以求个合照，或要个签名，遇到喜欢的，还能共度春宵，奉献些阳气。”

房间倒是干净，窗外便是九龙湾，因为楼层够高，可以看到坦荡的海。夜景是不看的，因为要拉紧窗帘，担心看到不该看的东西。

第一天抵达已是晚饭时段，一行人饥肠辘辘，好在队里有可爱的小师妹，是香港通，早就摸清附近地形，带我们去吃海南鸡饭。确实好吃，鸡肉滑嫩，咸香合宜。咖喱鸡最入味，配上一碗米饭，加份猪肉饼，简直忘掉了一天的奔波之苦。还有美味龙眼冰，若不是有领导同桌，真想大喝十杯。

吃饱喝足，才有心思看风景。在回去的路上，才发现香港的交通似乎并没有想象中拥堵。周末晚间，按理应是群魔乱舞之时，马路上却没有多少车辆。也许是酒鬼们都选择公共交通，才敢畅怀痛饮，一醉方休。十字路口的自助按钮，让我想起澳大利亚，只不过从前都是匆匆而过，哪像现在还有闲暇张望？偶尔有双层巴士经过，里面并没有多少乘客，公交站牌下，大家自发站成一排，等待上车。

回酒店之前，为了谁跟谁睡，引发了一场小纠纷。大家都想睡我，哦不，大家都想跟我睡。因为我睡觉不打呼噜，爱干净，不多话，更何况长得又好，放在屋子里看着也睡得香，是个绝佳的同居者。之前跟某位同事出差时，半夜他醒来，发现我毫无声响，还以为我暴毙在床，跑过来探我鼻息，吓得我瞬间醒来，以为他想对我不轨。我也因此传出了安静的好名声。同行的另外几位男士，或多或少都有些鼾症，彼此又不想受对方影响，因此我成了香饽饽。然而我也想睡个好觉，尤其平时睡眠很轻，蚊子经过都要被惊醒，要是有人打鼾，要么我困死，要么他被我打死。好在最后同住的同事，只在酒后打鼾，因此我决定此后几天，遇到有人让他喝酒，先将对方放倒。

按照我雨男的体质，在香港的前两天果然有雨，其中一天还是黑色暴雨。早晨出门，路上行人断绝，车窗外模糊一片，只看得到花花绿绿、灯光闪烁。的士司机在这样的天气仍不减车速，拐弯时似刹车失灵，仿佛开过山车。他说已习惯这样的天气，有十足把握，只不过吓坏了我们这些初来客。因此随后几天几乎只选地铁，倒更有港人风味。

在悉尼读书时，常与地铁打交道。为了租金便宜，只租离学校远的房子，因此每天都有一个小时在地铁上。工作之后，所在的城市并无地铁，就算有，恐怕也不会去坐：对于人潮拥挤的地方，我向来避而远之。坐过北京的地铁，周末晚上十点，西单依然人山人海，我和朋友用尽吃奶力气，好不容易挤进某车厢内，这期间被踩脚数次，闻屁味数次，终于抵达目的地，朋友的假胸都要被挤爆了。

香港的地铁也拥挤，大家更加行色匆匆，好像慢走一步都会迟到。自动扶梯速度也是飞快，感觉还没站稳，已经噌地移了上去，赶紧抓紧扶手，免得滚落下去。这样匆忙，根本没空观察来往路人，只随着人群走啊走，莫名其妙地上车，突如其来地抵达，那样飞快，难怪香港电影里很少有地铁中邂逅的桥段。

我很喜欢港铁中的各个站点，它们的名字读起来十分有风味。像是我们所在的鲗鱼涌，因为从前有条溪流，可以找到很多鲗鱼，也就是墨鱼，所以香港人叫这里鲗鱼涌。而相距不远的天后站，也是早有耳闻。有部老电影叫作《下一站天后》，想来用的就是这个哏。每次快要到站，报站声响起："下一站，天后。"不禁让人心生向往。还有观塘、太子、旺角、佐敦，每个名字都可以细细品味，亦似曾相识，或者是在电影中见过，或者出现在歌词之中。这些只听过看过的地方，忽然身处其中，好像突然从看客变成演员，有种荒诞的不真实感。然而作为过客，只是走马观花，粗略感受一下气氛罢了。

而在香港，除了工作和购物，我们做得最多的，便是吃了。香港人真的很爱吃，难怪会出蔡澜这样的食客。也难怪在澳大利亚读书时，所遇到的中国餐馆，大部分都是香港人所经营的。中国人都爱吃，可以把吃如此堂而皇之融入生活的地方，一是四川，再就是香港了。早茶、午茶、下午茶、晚饭、宵夜，好像没有在家开伙的时候，也没有门可罗雀的餐馆。大街小巷，商场里也好，市场里也罢，管你开在哪里，只要到了吃饭的时候，就没有空着的饭桌。

以前跟团体出门，为了吃什么，总是会有不同意见，因为众口难调。而到了香港，哪怕队里有挑剔的大妈，刻薄的大叔，不合群的少女，自以为是的少年，在吃上面也达到了空前的一致。因为没有什么好吵的啊，反正去哪里都好吃。菠萝包、厚多士、公仔面、甜豆花、龟苓膏、烤乳猪、避风塘辣炒蟹……每个去的人至少胖了三公斤。

还去了诚品书店，位于铜锣湾的那家，一共三层，十分热闹。而且位置十分巧妙，就在商场之中，这就给了许多方便：爱看书的人去书店，不爱看书的人去逛街，互不打扰，也不浪费彼此时间。而哪怕是爱看书的人，有时彼此也不待见。逛书店是件私密的事情，被别人发现自己喜欢的书，宛如被看到了底裤颜色，有种羞耻感。因此进了书店，小伙伴们默契散开，各自快活去了。

关于读书，小时候爱看小说，喜欢脑补其中情节，跟主角去冒险，感受那些悲欢离合、男欢女爱。长大之后现实得很，再不能轻易融入情节，电视剧都看不完整，何况整本小说。更多的时候是读散文。跟小说相比，散文更加容易窥探到作者内心。我是没耐心又一根筋的粗人，不愿意拐弯抹角去猜测人家的心意，喜欢就是喜欢，讨厌就是讨厌，大家时间有限，何必浪费！因此与其在曲折蜿蜒的小说里，掘地三尺去寻找作者隐藏的深意，我更愿意读散文，那些坦荡的喜欢和讨厌，让我轻松快乐。

后来又去了波鞋街，满街鞋店，各种款式，真真假假，眼花缭乱。

人行横道中间有许多卖唱歌手，也有人设置卡拉 OK，任人付费歌唱。我也因此见识到，原来天下叔伯阿姨皆一家，全是能歌善舞之辈，各种老歌信手拈来，人来人往，全不怯场，高音 high 到天上去，低音震到骨子里，厉害厉害。

在香港一周，除了景点，几乎跑遍了大街小巷。来之前担心看人眼色之类的事情，并没有发生。天气有好有坏，有不同风景。认识了许多新朋友，也见识了许多旧人。看上去刻薄的人，或许容易相处；整天脸上挂笑的人，说不定下一秒会沉下来阴你。不要在人群中和重视你的人争吵，各退一步，私下再谈，免得被他人看了笑话。职业没有高低贵贱，看不起别人的人，自己也会被人看不起。夜景再美丽，和不懂欣赏的人一起，也是浪费。

若是还有机会，希望和此刻心里的那个人一同旧地重游，要么干脆彻底失忆，独自把这港岛再品味一遍。

选择题

在节目邮箱或是微博的私信里，时常有朋友让我帮他们做选择题。

有的是发现男朋友劈腿，但仍然很爱他，问要不要分手；有的是马上毕业了，不知道是听家里的话找个稳定的工作，还是去北上广追求梦想；也有高考结束，不知道该报什么志愿的；还有在商场里看到两条不同颜色的裙子，无法决定买哪条的。

当然，最后一道问题最好回答：都买！

我非常高兴被大家这么信任，也很乐意为大家出谋划策，可问题在于，我也有选择困难症啊！大家遇到的这些问题，虽然基本上都是我曾经纠结过的，可即便我穿越到过去，也不知道该如何抉择。因为不管选择哪一种，都拿不到满分。

高考结束，我差 7 分落榜。在服从志愿调配和复读之间，我选择了前者。志愿是老爸填的，某天夜里我起床尿尿，发现老头子蹲在阳台上看月亮，一边抽烟一边大哭。一个五大三粗，胳膊上还有青龙的大汉大半夜穿着裤衩落泪，这场景实在让人心疼。

我爸觉得他毁了我的前程。

我爱我的前程，但我更爱我爸。我不想让他自责，所以我去上大学了，还在谢师宴上打着小领结，很羞耻地对着各位来宾大灌“是金子在哪儿都会发光”这样的鸡汤。

我做了选择，大学四年，我有过后悔吗？

当然有。得知军训要四十天的时候，我后悔了；军训要把头发剃光的时候，我超级后悔了；在军训的时候练前扑，把肋骨摔裂的时候，我后悔死啦。

大学四年的许多个夜里，我都梦到自己重新回到高中，和小伙伴们一起辛苦又快乐地复习，按照自己的志愿，报自己能力范围内的学校，读自己喜欢的专业。然后从梦里醒来，对着床头一本本陌生的专业书发呆。

但也完全没觉得自己选错了。虽然这不是我想要的，但我爱自己的母校，它有光荣的校史，有厉害的专业，有美丽的校园，还有神秘的传说。我爱我的同学，虽然现在各自奔天涯，但大学四年里，我们度过了很快乐的时光。我更爱我的室友兄弟们，感谢他们包容了我这个老幺，忍受我的洁癖、挑剔、这不准那不许，感谢他们带我去经历那些人生中未知的精彩，感谢他们在每次打群架之前都把我锁在屋里……

我也爱那个从没爱过我的人，让我学会了什么是喜欢，什么是付出，什么是放弃。

如果那时我选择了复读，还会拥有这些吗？

大四的时候，我又要做一道选择题。我可以保研留校，或者出国读书。我的许多兄弟选择了留下。因为这里有熟悉的环境，稳定的工作，还有吸引人的寒暑假。而国外的一切都是未知数。我还要给家里添许多麻烦，要花不少钱，要一个人去面对很多没经历过的事情。就算拿到了学位，去或留又是个难题。我犹豫了好久，最后在爸妈的支持下，还是决定出去。

我想去看看，看看未知的世界。我觉得这辈子还好长，平稳可以留给后半生。

后来我去了悉尼，读了一个完全陌生，却是自己喜欢的专业。我第一次一个人出国，一个人转机，一个人提着巨大的行李，用蹩脚的英语问路；第一次克服害羞，跟房东交流，寄宿在别人家里，学会互相尊重，保持亲密却疏远的距离；第一次打工，学端盘子，点菜，帮人开门，拿辣椒酱，学会在别人叫 waiter 的时候笑脸相迎，转过头立刻一脸面瘫；也经历了辞职，把围裙甩在经理身上，自以为很帅地转身就走，拿一个月的薪水买了件衣服；还有永远写不完的作业，小组活动，考不完的试，每周末 high 到爆的聚会；也认识了一位很棒的朋友，在她身边，可以放心地喝醉。

毕业的时候，穿硕士服拍照的那一刻，我心里是自豪的。你看，我顺利完成了一项外人觉得很难的任务哟。

如果我选择留校，还会得到这些吗？

参加工作一年左右，再次遇到选择题。部门一位领导高升，另起炉灶，需要从原部门选几个人跟他一起走。不知道是幸运还是不幸，我是其中一个。这位领导年轻，有能力，更有人格魅力，跟着他重新开始，似乎会有不错的发展。然而我这个人天生就懒，故步自封，最讨厌改变，哪怕现在的领导对我像大便，我也依然待他如初恋，不离不弃。

于是我拒绝了。

没想到这个领导不仅能力强，记仇的能力也一等一。从此我在他眼里成了不识抬举、眼高手低的典型，每次见面，招呼都懒得打，仿佛我只是一缕幽魂。

郁闷吗？当然郁闷啊！谁愿意得罪领导呢？那么这个选择题我做错了吗？新领导的部门坚持了几个月就破产了，离开的同事们又重新并入部门。如果当时我去了新部门，现在怎么面对老领导们呢？

这样的选择题，选 A 或选 B 都会得罪人，只看想得罪哪一方了。

我的朋友兔兔，两年前离开了稳定的公司，选择自己创业。刚开始的时候没有客户，跟合伙人租住在一个老旧小区的阁楼里，三个老板，一个员工，就是一家公司。加班到深夜，累到崩溃，入不敷出的时候，兔兔问我们："我是不是选择错了？"

我们谁也没办法给出答案。

所幸她也并不需要一个答案，就这么带着怀疑，一步一步地熬了下来。两年后，当初的小公司活了下来，虽说员工只多了几人，可是终于开始赢利，逐渐走上正轨了。而她的原同事们，每天还是抱怨着工作的繁忙、领导的刻薄、工资的入不敷出，毫无进展。

她的选择是对是错呢？

而现在，她又选择了离开合伙人，自己单独创业，一切从零开始。

这个选择又是对是错呢？

生活里还有许多选择题，它们又不像试卷上那样，有标准答案，做对了得分，做错了没分。身边的人也不是老师，可以给你正确的指导。作为朋友，作为家人，我们能做的，只是给那些暂时迷惘的人一些鼓励，一些经验，以及一些时间去思考。真正做决定的，其实还是自己。

不要害怕去选择，选择了之后别害怕。深思熟虑后再做决定，决定后别想着后悔，一直走下去，哪怕在中途放弃，也能收获沿途的风景。

若你选择要走，

轻易不要回头，

离开之后，

过去便已过去，

唯有未来才是终点。

突如其来的上海

▼

六月底的一个周三，狗哥突然跟我说:“你去上海出个差吧。”犹豫了一下之后，我答应了。

我不喜欢上海。

它太繁华了，人人都高级得让我自卑。去这样的大都市之前，总要全副武装，先穿上最贵的衣服，再做好心理建设，像乡下小子进城般小心翼翼，生怕被人笑话。

所以哪怕数次路过上海，我也不愿意停下看看。我就是这么瞎要面子。

然而再不愿意，这次我也得去。工作倒是次要，重点是千里送温暖。兔兔刚好这天生日，突如其来的出差机会，我觉得是上天给我的一个信号: 你该去见见老朋友了。

于是定下行程。

周五早晨七点半的飞机，四点半起床梳洗，出发。迷迷糊糊就到了上海。同行的人并不相熟，因此没什么话题可聊，索性一路沉默，正合我意。上海如想象中闷热，虹桥机场人来人往。我拖着两件大行李，像失去了主人的导盲犬，明明知道路，却不能独自离开。同事 A 不靠谱，忘记了去酒店的路；同事 B 把酒店日期订错，导致没有房间；同事 C 把身份证忘在飞机上，对着电话破口大骂。

好在最后幸运安顿下来，我被分到位于顶层的一间单人房。狭窄的单人床，没办法旋转跳跃闭着眼的浴室，好在不用露宿街头。

随后的工作还算顺利。

结束后立刻跟几名陌路人道别，回酒店梳洗，按照地址，坐地铁过去。上海的地铁和北京一样拥挤，我在车厢角落靠墙而立，戴上耳机，一副被罚站的姿态，看了十一站的人来人往。有鬈发碧眼的中东母女，十七八岁的女孩子一直在对母亲撒娇，把脸蹭进围巾里，十分亲昵；也有独自推婴儿车的年轻妈妈，害怕空调太强，把外套盖在孩子身上；还有类似上班族的中年大叔，满脸疲惫地目视前方。

我喜欢在陌生的城市里观察陌生的人，并且从中找到乐趣。这或许是我失败的地方。成功的人，总先观察身边的人群，将一切情况掌控手中。

出了地铁，天开始下雨，好在 Google Map 是我的好朋友，步行十分钟就到了兔兔的公司楼下。假装快递小哥到了，让她下来签收。这个傻子竟完全没有怀疑，还抱怨为什么不能直接送上去。我躲在咖啡店的角落，透过玻璃看她走出来左右张望，然后我打开手机录像功能，突然跑到她面前，大声喊：“surprise！”

然后看她愣住，然后号啕大哭。

“我都没有化妆！丑死啦！你要死啊！”兔兔说。然后一边抹眼泪一边打电话给公司小妹，命令人家赶紧下班，走之前把办公室打扫干净。然后自己用了两个小时化所谓的“精致妆容”，其实在我看来没啥太大区别。

“你懂什么！”兔兔说。

我发现很多人都对我说过这句话。身边一位熟人爱看足球，常常呼朋唤友熬夜看比赛。赢了球就要喝酒庆祝，输了球便去醉酒痛哭，反正无论怎样都要喝酒就是了。我问他看个球何必这样真情实感，他回我：“你懂什么！”还有位朋友学考古，曾在西安的省博珍宝厅里坐了整整一天，看各种文物看到泪流满面，而我去的时候便只是看个新鲜热闹，只当是古人用的瓶瓶罐罐。问她其中乐趣，她对我讲：“你懂什么！”

好吧，我什么都不懂。

兔兔带我去上海最高的酒吧，在某五星级酒店的第 58 层。价格不菲，酒和食物也没有多出色，但因为可以俯视整个陆家嘴的夜景，所以十分受欢迎。还没进门，就被门童告知楼上已无空位，等了近半个钟头才被放了进去。环顾四周，大家都衣着光鲜，仿佛社会名流。右边是两名外地游客，年轻的女孩子点了洋酒，一边互相碰杯一边疯狂自拍。我很羡慕她们的手机内存，几分钟内至少拍了一百张照片。左边是两名大叔，看样子是成功商人，偶尔听到投资的话题。随后其中一位大叔一个电话，召来一位时髦女郎。我觉得应该不是他的女儿，便没有兴趣再观察下去了。

来这里的人，要么看景，要么喝酒。不像我们两个，上来先点了炒饭和炒面，饿死鬼似的。但我真的很饿，一整天下来都没怎么进食，哪里顾得上别人的看法？吃饱后才有心思喝酒、聊天、看风景，窗外可以看到东方明珠，夜晚的灯光很漂亮。玻璃天花板上是朦胧的夜空，城市太亮，星星都自卑了。看远方有闪电，却听不到轰鸣声，露天座位上的贵客们也丝毫没有惧怕下雨的意思。

我们点的鸡尾酒，名字很有意思，叫粉红色的处女河，喝起来十分酸甜。然后是快乐小子金太郎，酒精浓度很高，有菠萝的味道。在酒吧喝酒虽然有气氛，却总不敢尽兴，一是怕酒后失态，二是酒贵人穷。因此喝了两杯后，我们像游客般，在露天的平台上跟东方明珠拍了张黑了吧唧的合影，便离开了。

兔兔带我去看江边夜景，说晚上沿江散步，别有一番风味。然而到了江边，刚下出租车，大雨倾盆而至，出租车像火烧屁股般离去，周围空空荡荡，只留下我们两个没带伞的傻子。于是我们像无头苍蝇般狂奔，四处寻找遮挡物，浑身湿透后，终于找到一家咖啡厅。然而刚刚坐下来，雨便停了。我们也没了闲逛的雅兴，匆匆打车回家，洗澡睡觉。

第二天去了巨鹿路。我喜欢市井气息，却又对其百般挑剔，不愿意融入其中，所以适合在别人的城市当一个过客，像看电影般欣赏不属于自己的生活。巨鹿路便适合欣赏，它一部分高度商业化，一部分又很接地气。在这里既能看到旧式里弄，两层砖木小楼间横列着几百根晾衣杆，弄堂口有当地居民临街架锅炒菜做饭，也要小心里面忽然泼出的脏水，又有各种现代店铺，咖啡甜点、日式料理，打扮时髦的小伙子小姑娘在此出入。可以说楼下是高档的时装店，楼上就可以有穿裤衩背心的男人炒菜，既市井又高档，有种矛盾的魅力。当然这里的蚊子也很厉害，等红绿灯的时间里，我就被咬了六七个大包。

路过巨鹿路 675 号时，兔兔说，她念书的时候有段时间常常来这里，在门口徘徊许久却始终没有勇气进去。我还以为这里是某家高档女装店，价格是学生承受不起的，抬头发现竟然是作家协会，《萌芽》杂志社就在里面。初中和高中的时候，也常买这本杂志，那时候参加新概念作文大赛，并取得好名次的作者们，是各位小文学爱好者的偶像。兔兔说自己也想参加比赛，还为此买了杂志，填好报名表，却终究没有投递出去。我说："如果你真的参加了，那么可能现在便不能这样逛街，只能通过电视新闻或电影编剧的名单认识你了。"

文学梦谁都有，梦想成真的又有谁？

我们在巨鹿路逛到天黑，兔兔说："你难得来一次上海，一定要带你俯视这城市的夜景。"于是我们去了环球金融中心。到达的时候已经是晚上八点多，游人依然很多，举着吊死鬼小熊的导游正凶狠地斥责团友们。我们穿过人群，快速避而远之。据说这里曾是上海最高的大楼，足足有 101 层。其中 94 层至 100 层用于观光游览，可俯视整个陆家嘴。下面的其他层里大多是公司租用。这倒有些意思，像我这样没啥本事的小游客踩到了 500 强公司精英员工的头上。坐电梯上楼的时候，因为速度过快，工作人员特地提示，会有耳鸣等不适，结果大家全部严阵以待时，我打了个哈欠。

一百层倒真如传闻中可以看到不错的夜景，前提是天色晴朗，周边无云。不巧我是招雨郎，连在高空中，也能引来一片乌云，它们在楼顶徘徊不去，挡住一切景色。从大玻璃窗望出去，白茫茫一片，连从脚下玻璃俯视，都仿佛腾云驾雾。兔兔气得青筋暴露，连说天公不作美，竟然毁了她精心安排的计划。我倒觉得十分有趣，以往都是从地上看云彩，现在被云彩环绕，受宠若惊。于是拉着兔兔，以这白茫茫的天空为背景，拍下合照。

因为第二天一早便要回去，所以我们直接回酒店休息。洗漱完毕，躺在床上闲聊，兔兔说：“好舍不得你回去。”我也舍不得回去，尽管这城市车难打，雨好大，可有能够坦诚相待的朋友。我们这几个朋友，天南海北，各自离得老远，一年也难得一见。总互相感叹，要是在一个城市多好，吃喝玩乐，嬉笑怒骂，人生更加快乐。但正如北岛在《白日梦》中所言：“你没有如期归来，而这正是离别的意义。”

也许离别，才让我们更珍惜彼此，更加期待下一次相聚。

所以我对兔兔说：“睡吧，明天我回我的城市，你在你的城市，我们努力生活，努力赚钱，这样下一次相聚，才更加有底气。”

而这突如其来的上海之行，也改变了我对这个城市的看法，我还是畏惧它，却不再逃避它。或许是因为这里有重要的人，或许是因为有了共同的回忆吧。

如果这城市没有了你，

那它便失去了存在的意义。

过年

“又要过年了……”我们吃饭的时候，A 岳突然长叹。

“过年不是件喜庆的事儿吗？”

“喜庆什么呀？又老了一岁。”

是啊，老了一岁，这是过年对于现在的我们唯一的意义。

鸡年春节我不怎么开心，因为家里事太多。大舅糖尿病住院，小表妹卵巢囊肿，我扁桃体溃疡。嗓子疼可真难受，看着一桌桌吃的，能咽下去的只有汤汤水水。过年不就是胡吃海喝，胖而幸福地过吗？这清汤寡水的，太可怜了。

为了照顾我，今年我们一家三口在外地过年。

大学毕业后很少回老家过年，不是出去玩，就是在异地工作。通过电话跟长辈拜年，已经成了习惯。老爸老妈对此颇有微词，他们觉得过年就该回家，走亲访友，团团圆圆，热热闹闹。我却觉得我这样挺好，不热闹，却清静。自己想吃什么就做什么，想睡多久就睡多久，不用应付不熟的亲戚，不用回答尴尬的问题，也不用拼命忍住掐死熊孩子的冲动。只是纯粹地，懒懒地，过个年。

按照老家的规矩，大年三十和初一，我们通常要到奶奶家去。奶奶家四世同堂，好几十口人，光打麻将就能凑出五六桌，别提多热闹了。不过人多饭也难做，媳妇儿们往往都得去干活儿，菜是不必炒的，几个叔叔伯伯都是做菜好手，于是便帮忙洗菜切菜，收拾残局，抬桌子搬椅子，准备各种小吃，抽空还得端茶倒水，看春晚的时候，都得包饺子。

看着挺乐和，其实挺忙活，大过年的，我心疼我妈，不愿意让她干活儿。

小孩子不用干活儿，过年就是纯粹的欢喜，所以小时候特别盼过年。都说新春佳节，真是应了那个新字，一到过年，什么都是新的。新上衣、新裤子、新鞋，连裤衩、背心、袜子都得置办一套。我们这代人，虽说没有父母年轻时那么苦，却也没现在的孩子那么富裕。我小时候，家境算是不错，可一年到头也没几件新衣服可穿，裤子破洞了都要拿透明胶带在里面粘上，对付着穿（这个悲惨往事真是百说不厌）。哪像现在的小朋友，一个个的天天换衣服，跟模特儿走秀似的。于是春节的盼头，就从新衣服上体现出来了。过年前几天，皮小子倔姑娘们空前地乖，让写作业写作业，让打酱油打酱油，前脚后脚地跟着，生怕爸妈不给买新衣服。衣服真的买回家了，还舍不得立刻穿，一整套，谁都不让动，就放在床头柜上。腊月二十九那天晚上，全家人去澡堂子洗澡，干干净净，回来在被窝里兴奋得睡不着觉。

大人们就会笑骂："小崽子赶紧睡，明天不想熬年啦？"

大年三十一大早，不用大人招呼，自己一骨碌爬起来。洗漱，吃饭，从没这么听话。这时候还不着急穿新衣服，因为还有更重要的事儿干。我们家三口人分工明确：老爸调糨糊，放第一挂鞭炮；老妈贴福字和春联；我向来对鞭炮没有兴趣，理所当然跟着老妈贴春联。

贴春联，不用双面胶或者透明胶，都是用自己家调的糨糊。这事儿有讲究，我和我妈都干不了，就交给我爸。糨糊构成简单，就是水和面，步骤也就是把水倒进面里搅匀就好。可这水多水少也得控制好了，水多就成了面糊糊，没黏性；水少了就成了面团，凝固了。我以前馋，还曾经吃过一口糨糊，味道可真不怎么样。

春联和福字都是老妈在大集上买的。小时候，家附近没有超市，想买什么年货，大多从大集上买来。福字和春联都是现场写，你要什么字，跟人家说就行了。不知道写什么也没事，摊子上也有写好的，挑几副喜欢的就是了。

贴好春联，放完鞭炮，换上新衣服，一家三口高高兴兴去奶奶家。小时候特爱去奶奶家，因为奶奶家的小院子里有好多宝贝。角落的缸里腌着咸鸭蛋，切成两半，挖出来个个出油，特别香。仓库里藏着大块糖，顺着窗子栏杆摸进去，总能够着一两块，吃到嘴里黏糊糊的，能把牙粘住。还有冻梨、冻柿子，这是东北特有的吃食，冬天，选那种大个儿的水梨，洗干净，什么都不用加，直接丢在院子里，一个晚上过去，表皮变黑，就成了冻梨了。冻梨好吃，吃起来也有讲究，吃早了吃晚了都不行。吃早了太硬，大学时曾给同寝室的两个重庆汉子带了几个冻梨，这俩哥们儿洗了洗直接啃了，差点把牙给硌掉，跟我说:“你们的冻梨也太硬了吧！你们的牙口也太好了！这都能吃下去？”吃太晚了也不行，梨肉都化成汤汁，黏黏糊糊，不清爽不美味。冻梨最好吃的时候，是半化不化的状态，你用手指头摸一摸外皮，稍微软了一点，那就能吃啦。拿小刀削成一片片，用牙签扎着吃，酸酸甜甜，冰冰凉凉，比新鲜的梨还好吃。我小时候，要是大人不注意，自己能吃三四个。

过年，奶奶家最重要的一顿饭是午饭，大人们从早晨到了就开始忙活。几道硬菜是少不了的，肘子算一道，烧鸡算一道，大鱼算一道，还有奶奶的拿手菜油炸丸子算一道。再就是大伯拌的生鱼。跟日本生鱼片不一样，把生鱼肉切下来，跟黄瓜、葱、白菜等放到一起，切丝，加香油、盐、醋、辣椒油等调味，拌匀。一口下去，好吃又解腻，通常一盘是不够的，总要拌上一盆，在厨房里准备着。不过我妈总不让我吃生鱼，说是鱼肉里有寄生虫，容易钻进脑子里。

奶奶家吃年饭要分两桌，男人们和奶奶一桌，女人们和孩子一桌。当年表现好的孩子，则有上主桌的权利；如果表现特别好，则可以坐在主位旁边，也就是奶奶身边的位置。大家落座，奶奶代表家族敬酒，说点祝福话，就可以吃饭啦。大人们觥筹交错，小孩子大快朵颐。为了表示关心，长辈们常常会替小辈夹菜，按理说应该心怀感激地吃掉，不过我有个叔叔，特别喜欢嘬筷子，每次夹菜之前，都会习惯性地狠狠嘬一口自己的筷子。于是他夹的菜，我大多藏在饭碗底下，谎称添饭时偷偷倒掉。

吃过了午饭，大人们晒太阳，嗑瓜子聊家常，然后进入永远的主题：打麻将。人多热闹，麻将都能凑两三桌。东北麻将没广东麻将复杂，花样却也不少，要有一有九，有对有顺，明杠暗杠，还有特殊牌。通常是打八圈，不过要是谁手气好，一挑了三，那就轻易下不了桌了，不打个十六圈决不罢休。大人打麻将的时候，

小孩子绝对不能去要钱，否则就是走了财，要一直输的。通常这局麻将会打到夜幕降临，春晚开始，麻友们还意犹未尽，奶奶就会一嗓子吼过去：“看春晚！”然后媳妇儿们准备包饺子，男人们则开始泡茶、准备瓜子。

看春晚一直是我家过年的必备项目，即使身在远方，二十多年来也从未断过。大年三十晚上八点，全家人一定会守在电视前，等着荧屏前的主持人报幕。最早奶奶家只有一台熊猫牌小电视，火炕上、沙发上都坐满了，孩子们要么坐在父母膝盖上，要么搬个小板凳坐在一边。后来奶奶家搬到了楼房，房子大了，条件好了，有了两台电视，大家还是喜欢挤在一起。看春晚，交流的意义大于节目本身，哪个演员是谁的儿子，哪个歌手唱得好坏，舞台，服装，都能讨论半天。我记得小时候蔡国庆很红，我却总记不住他的名字，每次看到他出场，就会拍着手喊“蔡白菜”。

这时候，奶奶还会拿出我最喜欢的零食——冻梨和冰棍。孩子们嗑着瓜子、啃冻梨，大人们喝茶、抽烟、看春晚，不知不觉就入了夜。这时候家家户户的鞭炮声也响了起来，窗子被烟花映红，热闹的景象一点都不像晚上。东北的冬夜很冷，烟花爆竹却驱散了寒冷。我胆小，只敢玩一种杆状的“呲花”，大人们通常会叼一支烟，一个一个地点燃。我拿着呲花，举得老高，看一团团小火焰噌的一声飞上天空，在黑暗中开出火花，一时间也忘了寒冷与害怕，像个小傻狍子，呆呆地抬着头，直到烟花散去，火焰燃尽。

放完烟花就该收压岁钱了，这就到了拼演技的时候。明明想要，却要装出不要不要的样子。我小时候堪称影帝，为了营造我不要压岁钱的形象，还一度躲到厕所里，差点真的拒绝掉了，还好长辈比较懂我心，从门缝里塞了进来。然后我坐在马桶上，偷偷打开那个小红包，对着里面那一张或两张红票子，得意地笑了。

午夜十二点是吃饺子的时候，提前将一毛钱的硬币用开水烫净,混在馅儿里包进饺子里。谁吃到了,就代表吃到了福气。人多，硬币却只有三个，父母都希望孩子得到运气，哪怕只是一种寓意。所以老爸总是抢着把看起来饱满的饺子夹到我碗里，希望我吃到硬币。可惜没成功过几次。不过吃的时候可要小心点，我有个亲戚就比较厉害，连饺子带硬币都吞下了肚，好在第二天排了出去。

吃过饺子就是大年初一，孩子们闹腾了一天，这时早就没了精力，大人们也纷纷找地方猫觉了。好在奶奶家炕大床多，沙发上也能睡人。午夜到天亮的这段时间，伴着窗外的鞭炮烟花，屋里响起的是此起彼伏的呼噜声，不安静，却让人感觉十分宁静。

长大之后，很少再过这样的年了。

该死的刻板印象

▼

从非洲出差回来，整个人瘦了一大圈，足足掉了五六斤。跟朋友逛街，他说：“你离我远点，人家还以为我牵了只猴儿呢。”

回单位上班，同事们见了我，第一句话几乎都是：“非洲挺好玩吧？”然后就问我是不是看了狮子、骑了斑马、摸了长颈鹿。开始我还跟他们认真解释：“真的一点都不好玩哟，从早忙到晚呀，在非洲最偏远的山村呢，三餐都顾不上吃的，有时可以吃面包，但有时一天到晚一口饭都吃不到哟。”

这确实是实话，饭都吃不饱，别提什么狮子、斑马、长颈鹿了，我去了半个月，连只狗都没看着。一定要说奇趣动物的话，不知道最初在房间里被同事打死的那几只拳头大的蜘蛛，还有每天晚上在天花板上开派对的巨型老鼠算不算？

然而我发现，不管我怎么讲事实、摆道理，甚至拿出被蜘蛛吓得屁滚尿流的黑历史视频为证，我亲爱的同事们，我敬爱的领导们，还是觉得我在非洲玩得很开心，每天过着看狮子、骑斑马、摸长颈鹿的美妙生活。

心理学上有个词叫刻板印象，讲的是人们对某个事物或物体形成的一种固定的看法，并把这种看法推而广之，认为这个事物或者整体都具有该特征，而忽视个体差异。通俗点说，就是看到穿着暴露的女人，你就会觉得人家水性杨花；看到翘兰花指的男人，你就会觉得人家是同性恋；看到从非洲回来的人，你就会觉得人家是每天看狮子去了。

该死的刻板印象！

旅行前，我把家里的三只小家伙送去寄养。宠物店老板笑着说："真羡慕你呀，可以常出去玩。"她对我的刻板印象是，工作轻松，收入不错，可以经常到处去玩。网络上不少朋友跟她的想法一样，常有人给我发私信，说很羡慕我这样悠闲自在的生活，仿佛那些工作啊，学业啊，生活里的烦心事，跟我没有关系。

看到这样的"羡慕"，我只能苦笑，不忍心打破他们美丽的幻想。我怎么可能会轻松呢？悠闲自在跟我的生活、我的心态可是一点都不挂钩。大家看到的，只是我可以休息、去旅行的那一面，这也是我愿意展现给别人的快乐的一面。而实际上，为了赢得这些休息时间，我需要用很多工作去换。我曾经试过两个月没有休息，最忙的时候连续工作48个小时，熬到偏头痛发作，偷偷到厕所吐，然后吃两片止痛药，回来假装什么都没发生。

我不是敬业，只是为了生活。曾经看过一句话，说下雨天，没伞的孩子只能往前跑。我没那么心酸，但我也不是可以肆意挥霍的富二代，我知道只有这样努力，才能换来一年中难得的几天悠闲。

我的朋友大花，身高一米八，肤白貌美，在高中被评为“班花”。

大花是男的。

高中毕业后，大花考上一所重点大学。四年之后，去美国读硕士、读博士，现在在那里的一所大学任教。因为长得实在白嫩，所以很多人看到大花，都以为他是个富家公子。我还记得第一次见到大花，他穿着一件连帽棉服，橘色的，牛仔裤上有个小破洞，一双白球鞋。不知道为什么，我就是有种“这家伙真有钱啊”的想法，觉得他的穿着很贵，觉得那件棉服至少要几千块。

后来才知道，衣服都是他从地摊上买的杂牌，棉服还不到二百块钱。

实际上，大花的家里并不富有。他是村里出来的穷孩子，爸爸靠打工为生，妈妈腿脚有残疾，经营着一家小小的理发店。大花之所以能出国，是因为他大学四年里成绩优秀，成功申请到全额奖学金。在美国，除了读书，大花靠做助教赚钱，不仅赚够了自己的开销，还每个月给家里寄钱。

可在若干年后听说大花的消息，很多人还是只会理所当然地认为他家里有钱，去美国读书是件容易的事。

该死的刻板印象！

我发现刻板印象一旦产生，就很难消除。就像我的一个领导，从我入职开始，就一直很不喜欢我。最初我还以为是自己能力不行、态度不好、长得太丑，后来从侧面打听到，这个领导不喜欢我，是因为我每天都换一套衣服，他觉得这孩子是个不踏实的人。听到这个原因的时候，真的有句歌词突然出现在脑海中："最后知道真相的我眼泪掉下来。"可笑吧？凭借一个人每天的穿衣打扮，就判定他的工作能力和态度。那我觉得他可以去垃圾站找几个流浪汉当下属，一定特别踏实。但为了"钱"途，我还是决定改变一下形象。有段时间，我会买几件款式一模一样的衬衫或者短袖，这样每天换一件，外人就看不出来了。我想这样应该就可以成为领导眼中"踏实"的"孩子"了吧？可一个月过去了，两三个月过去了，大半年过去了，他对我的看法还是一样。

一样觉得不踏实。

同样地，一个医生收了红包，有人就觉得所有的医生不给钱都不做手术了；一个城管打了小贩，有人就觉得所有的城管都会打人；一个记者发表了不实报道，有人就觉得所有的记者都是昧着良心说话的狗；一个哈韩的粉儿干了不理智的事，有人就觉得所有的哈韩族都是不理智的人。不管你怎么解释，怎么用行动去证明自己，哪怕做了一百件好事，只要你所在的领域里有一个人曾做了一件坏事，那么你所做的这些努力也全都是白费。

就像你喜欢的那个人，他不喜欢你，你再怎么花枝招展、内涵丰富，于他来说，也没有分别。这就是刻板印象，比隔壁村的王婆都固执。

认识到为了改变他人的印象而改变自己是无用功之后，我觉得还不如放飞自己。人生那么短，我才不要为了别人而活呢。就像我的领导，就像我暗恋的那个人，不喜欢我就不喜欢我呗。我身上的闪光点那么多，我那么爱干净，我每天换一套衣服，总是会有人喜欢的，何必为了他们的不喜欢，却忽略了别人对我的喜欢呢？其他的刻板印象也是一样，医生收红包，城管打小贩，记者都是狗，追星很不理智，他们如果这样认为，那就随他们去吧。我们做我们喜欢的事，追逐我们喜欢的人，过我们喜欢的生活，就好了呀。

是啊，那非洲的狮子真好看，斑马真好骑，长颈鹿真好摸呀！

打工记

在悉尼读书的时候，由于生活所迫，我开始打工了。

上大学的时候，学校虽然也有勤工俭学部，但身边都是一群不学无术的公子哥儿、小富婆儿，系里同学的家境虽然没有富可敌国，却也还不错。因此在出国之前，对于打工这件事，我只在电视和漫画里看过。小的时候家里开饭店，忙不过来了，也会帮忙端个盘子收个碗啥的，不过那只是小孩子过家家般的玩玩，也没真正累着苦着。

出国读书，悉尼大学并没有设置奖学金，何况有了我也申请不到。因此出国读书的费用，全部由自己承担。虽然爸妈没说什么，但我也知道这是一笔不小的费用。我家并不是什么大富人家，爸妈等于把一辈子的积蓄用来实现我的梦想。所以当熟悉了环境之后，我决定打工，赚不出学费，至少可以赚点生活费，减轻负担。

想得总是十分容易，开始实施就一头雾水。在留学生论坛浏览了一堆招工的帖子，发现工作机会看起来挺多的，真正靠谱的却没几个。薪水比较高的，要么要求有专业技能，要么要求有工作经验，再就是特别苦特别累；薪水低的吧，又觉得有点浪费时间；还有那种工作看起来十分简单，薪水却高得离谱的，更是不敢去试，人生地不熟的，万一被卖了咋办？

好在有同学介绍，在离家不远的区域找到了一家中餐馆做工，每小时给 9 澳元，在当时虽然不算高，却也可以。面试之后，凭借着“艳压群芳的相貌”，顺利留下了，于是开始了我的打工生活。

我第一份工作的任务是当服务生，这对从小家里就开饭店的我来说，可以说再熟悉不过了。我们每个人负责几张桌子，有客人的时候，就负责上菜、撤台、更换餐具；没客人的时候，就是做清洁，以及一些调味料的补充工作。听起来很简单，做起来却不容易。比如上菜，吃饭的时候感觉没啥难的，把菜从厨房端到桌上不就得了？可到了饭时，哪能让你一盘一盘一趟一趟地去端？通常是厨师一下做好几盘，服务生一次性地端上去，再按桌分配。刚去的时候，我最多只能端两盘，有汤的菜品还得双手去端。而那些有经验的前辈，最多的时候可以一次端六盘，手掌握住两盘，手腕到手肘之间再夹一盘，走起路来又快又稳，连点汤汁都不洒。

我尝试过一次，拿都拿不稳，走路比蜗牛还慢，好不容易挪到人家桌前，胳膊上的一盘菜刺溜一下滑到桌上，还好客人眼疾手快，这才避免一场惨剧。

我最怕客人点两种菜，一是铁板，二是汤水。铁板出锅，正热的时候，油星四溅，拿在手里，一个不小心就容易烫到。汤水更是，广式餐厅的例汤通常是提前熬好，客人点了之后要服务生自己去盛，一大海碗，什么都没装，单手拿着都发抖，更别说还得往里盛汤了。后来我想了个办法，把碗放在地上，再一勺一勺地往里舀，笨是笨了点，至少不会把碗摔碎。

在这家饭店做了两个多月，我辞职了，找到一家薪水更高、环境更好的酒店。这家酒店是当地唐人街上最大的一家，装潢富丽，生意火爆，像我这样的服务生就有一二十个。据说有明星来悉尼，想吃中餐，首选就是这家。这倒是实话，在这里打工期间，我遇到过不少港台明星。每次有大人物来，服务生们虽然不敢蜂拥上去要签名，但会在彼此擦肩而过时交头接耳，告诉对方谁来了。

档次高了，对员工自然苛刻。想当服务生，都要经过实习期，一开始是要做苦工的。服务生的制服是白衬衫、金马甲、黑西裤、黑皮鞋。苦工呢，则是红色外套、黑裤子，还要戴一顶红色小帽。服务生的任务是点菜啊，上菜啊，倒酒啊；苦工则是收拾脏兮兮的桌布和餐具，及时补充新的，还要把垃圾统一倒掉。工资也只有一半。我虽然自诩帅哥，但酒店里有位比我帅出十倍的小哥，长得十分英俊，白白净净，有点像年轻时的郭富城，迷得员工大姐们神魂颠倒，难怪他一来，老板就让他直接当服务生，偶尔还去领台。

不管是小饭馆还是大酒店，菜品虽然不同，服务生的工作却大同小异，忙的时候同样很累。我不怕累，想赚钱哪有怕累的？我怕钩心斗角。又不是在宫里演《金枝欲孽》，又不是写字楼里争升职机会，我只是单纯地从事服务行业，做个兼职赚点零花钱，又不要跟你费尽脑汁玩宫心计。酒店大了，人心很杂，员工里既有像我这样兼职的留学生，也有在这里的华裔，还有偷渡来的小哥。大家来自不同的地方，其实并没有什么话题。我本来就不是个容易跟人家熟络起来的人，既不会抽烟，也不玩牌，休息的时候，就一个人在一边打打游戏，刷刷微博。也不知道怎么的，就让人不爽起来了。虽然没有什么明显的针对，但会在言语里一下一下刺你。倒垃圾走慢点，说你少爷干不动活了；穿了件很普通的衣服，说买得起这么贵的衣服干吗来打工；不吃客人剩下的饭菜，会说人家是富贵身子，怎么能吃剩菜。

我不是很在意别人的看法，都是过客，你怎么看我跟我没关系，工作结束，大家都是陌路人。但我后来还是辞职了，原因是经理叫我去刷碗。我打工有个莫名其妙的底线，就是不刷碗。不是因为刷碗很脏，像倒垃圾这样更脏的活儿，我也能接受。我不歧视刷碗工，但我不当刷碗工，要问原因，我也说不清楚。也许是因为我觉得刷碗是体谅爱人的一种方式，也许是因为我怕刷碗会让自己变成跟“他们”一样的人。总之，我接受不了。刷碗就像是守住我尊严的一道门，锁得严严实实，这扇门要是打开了，我的尊严就会不见了。

所以当经理叫我去刷一个星期的碗时，我果断拒绝了。经理是中国北方人，大高个子，在澳大利亚很多年，已经有了该国国籍。我的拒绝让他很不高兴，为了显示他的权威，他告诉我，不刷碗，就别干了。

于是我就不干了。我把脏兮兮的红色制服脱下来递给他，领了我所有的薪水和小费，买了个很贵的包。

反正我不刷碗。

那之后我找过许多工作，做得最久的，是在公寓附近的一家茶餐厅。茶餐厅不大，加起来只有十桌，生意却很好，除了中午，早茶和晚饭都需要提前预订。和大酒店不同，这里的员工之间，员工和老板之间，顾客和员工之间，都像是街坊邻居般，更加有人情味。我们的老板是个四十多岁的女人，大家都叫她芳姐。面试的时候，因为要求说广东话，我只好操着一口十分不流利的粤语跟她对话。芳姐便问我："Gino，怎么你的广东话这么怪？"我跟她说，我是广东乡下来的啦，所以口音不太一样。芳姐大笑起来。也不知道她相信了没有，反正就这样录取了我。

芳姐的店里算上我，一共八个服务生，每班四个，根据个人的情况来定时长。因为有专门的刷碗大姐和清洁工，我们的工作轻松了许多。店里年龄最大的叫简妮，也是位四十多岁的大姐，从香港来的，已经是三个孩子的妈妈。简妮十分勤劳，是专职服务员。除了芳姐这里，简妮还在其他两家店做工，经验丰富，人又大方，大家都很喜欢她。我偶尔犯个错误，她就会像妈妈一样教我，替我打掩护。我很喜欢她。

坐柜台的Apple跟我年纪相仿，也在读书。不过读的是技术学校。Apple人如其名，脸像个红苹果，连生气时都像笑眯眯的，脾气很好。除了负责收钱，Apple 还要给客人们调各种饮料，像冻奶茶、冻鸳鸯之类的。不忙的时候，总会给我们调一杯，我最爱她的冻柠茶，还跟着学了几手。

还有个男生叫作阿强，比我还晚来几天。阿强没有读书，是在这里长大的孩子，但是身上并没有什么社会气，反而很单纯。虽然他年纪比我小几岁，但个子和力气都要大许多。因此有什么力气活，大家通常都会叫他帮忙。虽然是服务生，阿强却常常跑到后厨去，据他说是想跟着学几道菜，以后还可以自己开店。

我在这里也很累，薪水也没有多少，但很开心。没客人的时候，大家一起聊天；有客人的时候，也没有低人一等的感觉，还学到好多东西，比如快速记菜单，鱼蛋面可以写成于 O 免，滑蛋饭就可以写成花旦 F，怎么简单怎么写，反正厨师大叔们肯定看得懂。客人们也都十分可爱，因为常来，大家爱吃什么、有什么要求也都了解。有个外国大叔，每次都是一个人来，最爱点生菜包，看我们把炒饭放进菜叶里包起来，总会开心到拍手，像个小孩子一样。还有一对中年男子，据说是多年的恋人，每个周三的晚上都会预订角落里的一个位置，自己带酒，点一份葱姜蟹，一条清蒸左口，一盘蚝油菜心，还有砂锅牛肉，从晚上八点一直坐到打烊。

因为白天要上课，所以打工基本是在晚上，下了班基本已是深夜。虽然没有累到浑身散架，但也是满身油烟，躺下就能睡着。对于我打工这件事，爸妈一直都不太同意。尤其是老爸，总觉得我在受苦，他心疼。但打工这件事，除了能够补贴家用外，也确实让我收获颇丰：知道了赚钱的辛苦，学会了与人相处的方法，也从不同的客人那里听到了许多有趣的故事。

我觉得蛮有趣的。

公主病患者

在单位寄快件，认识了一位快递小哥，然后展开了一段爱情故事？

当然没有。这是言情小说的套路，我可是写鸡汤文的。

这位快递小哥刚从乡下来城里打工，看得出来干劲满满，感觉想让全世界知道，这片区域的快递被他承包了。帮我办理好邮寄后，他很热情地加了我的微信，说以后可以随时约他寄快件。这要求合情合理，我平时确实经常寄快件，所以没有多想，通过了好友申请。没想到，随后事情变得有点麻烦起来。

这位小哥常给我发微信，若是问我寄不寄快件也就罢了，偏偏是莫名其妙的内容。早安啊，吃饭了吗，吃什么了呀，今天心情好不好啊……几乎每天都有，跟上班定时打卡似的，搞得我很是惶恐。你又不是我妈，管得着我早饭吃什么吗？

无事献殷勤，肯定有所求，寒暄了一段日子，小哥果然步入正题了。

先是叫我办卡，说快递公司给每个员工下了命令，要拉多少名客户才算过关。也托他的福我才知道，原来寄快件也跟健身似的，可以提前办卡充值。这个要求不算过分，我常寄快件，便办了张卡。没过几天，他要我帮他介绍几名客户，最好是能要到电话号码。我觉得这有点过分了，但想到小哥也不容易，能帮点是点，虽然不能给他电话号码，但有同事想邮寄快件，我都顺手推荐了他。

后面的要求愈发过界，一些乱七八糟的事情也来找我帮忙。摩托车被扣可不可以不交罚款啦，社保没有按时交需要补办啊，租房子，找饭店，朋友的猫狗丢了，这种他看来是大事对我来说是狗屁的琐事，也都来问我。每次看他发来微信，我都扪心自问，是不是最近吃素，搞得整个人圣光满面，太过 nice？然后深呼吸数次，尽可能地给他帮助。但工作繁忙的时候，这家伙还来烦我，这就忍不了了。

我问他："你能给我什么呢？"

"哥，你啥意思？"

我没你这样的弟弟。

我说："我帮了你这么多忙，你能给我什么回报？人与人交流，或许有人付出多一点，有人付出少一点，但至少是有来有往的。单方面的付出不求回报，那是对挚友，对真爱，对至亲，怎么都轮不到一个只见过几面的快递小哥。你我甚至不算朋友，你凭什么认为，我会一直无偿向你提供帮助呢？"

"你是个好人啊。"

“我并不需要你的好人卡。”

“我可以帮你寄快件啊。”

“那是我付钱买的服务。”

看着这位小哥萌萌哒的回复，我意识到，永远不要尝试去跟一个不懂事的人讲道理，那只会增加你的皱纹。我拖黑了这个小哥，总算过上了清净日子。

世界上有些人，字典里是没有“麻烦别人”和“感谢别人”这两个概念的。他们需要帮助，别人就要主动提供；若是他们开口求助，那更不得拒绝，否则就成了天大的罪人。

“我这么可怜，你不帮我，你还是人吗？”“我都开口求你了，你还不给面子，你的良心不会痛吗？”

不帮，不会，走开！

你以为你是万人迷，你要爱，我就掏心挖肺？你以为你是上帝，你要光，世界就亮了？这种人可能上辈子是贵族，被人服侍惯了，投胎之后虽然没了显赫身世，但骨子里的臭毛病还在。这种大小姐脾气，在动画片里可以说萌；放到现实生活，把麻烦别人不当一回事，那叫公主病。

生活里有很多这样的人，几乎每个人都曾遇到过。A 同事想借用资料，但你已经回家了，为了不让 A 同事为难，你又换下睡衣，放下饭碗，妆都没化，跑到公司专门去送，还搭上来回车费，错过偶像现场。结果人家轻飘飘一句：“哎呀，已经跟别人借过啦，不好意思哟。”就把你打发了。B 领导发朋友圈，说突然上不去

愿你不只有公主的病，

亦有公主的命。

某网站了，求大家告知是什么原因。你恰巧遇到过这个问题，担心贸然回答不太准确，还专门去找了学网络的同学咨询，遣词造句，比高考答题还谨慎，终于在朋友圈里回复了准确答案。然后呢？没有然后了。C 君咽炎犯了，嗓子痛，你正好在炖银耳雪梨汤，想到相识一场，不如顺手多做一些。你煲了汤，翻箱倒柜找出八百年不用的保温桶，像黄脸婆给在地里干活儿的老公送饭一样，把汤给人家带过去，还附带勺子、纸巾，就差喂嘴里了。对方可能就喝了两口，剩下的全倒了，然后转头跟别人炫耀："哎呀，你看那谁专门给我煲汤了，还蛮好喝的。"

生不生气？寒不寒心？

活该啊！谁叫你多管闲事，滥当好人，自甘下贱？有些人，你送他一朵花，心里就会生长出一片田。而有些人的心就跟漏斗似的，你就算给丫一片海，一滴水也留不住。

下次再遇到这种公主病患者，最好收起所有的同情心。治疗他们最好的药，就是让他们一次又一次地碰壁，碰到头破血流，才会清醒地认识到，这世界啊，不是围着他们转的。

蚊子

我家有三大不解之疑:“为什么买这么多衣服?”“为什么这么晚回来?”和“为什么家里会有蚊子?”前两个总有无数借口,并且大多时候能蒙骗过去。最后一个问题却百思不得其解,始终找不到准确答案。

我家纱窗完整,密闭良好,环境整洁卫生,仙子闻到都喊香。可不知怎么的,每到夏天,隔三岔五就有蚊子飞进屋里,肆意行凶,把我们一家三口咬得满身是包。我爸还好,皮糙肉厚,睡觉雷打不动,蚊子叮几下顶多醒了之后挠挠。我和我妈就不行了,仙女的皮肤很嫩的,神经也十分纤细,耳边有点声音就醒,听到蚊子嗡嗡嗡,怎么睡得着?晚上睡不好,白天就没精神。尤其是我妈,哈欠连连,严重影响发挥,打麻将都不容易和,还经常给人放炮,搞得十分烦躁。

因此我妈对蚊子又恨又怕,每次发现蚊子,都跟见到鬼似的,惊叫着让我跟我爸找出来拍死。然而现在的蚊子就跟人似的,变得越来越狡猾。以前的蚊子多笨啊，傻不棱登地扑到你身上，不管不顾地吸血，经常被一巴掌拍死在身上。现在的蚊子，不熄灯轻易不出动，还爱打游击战，咬你一下，赶紧躲到角落去，等你气急败坏地找了一圈，精疲力竭地睡去后，再出来叮你一口。

可以说十分卑鄙。

后来我妈想出来一招妙计：卧室里要是出现了蚊子，她不急着打，赶紧抱着被子和枕头先跑出来，把门一关，把蚊子和我爸一起关在卧室里，这一宿总算能睡个安稳觉了。但这招实在有点太损了，时间长了，我爸被咬得满身包，很不乐意。没办法，还是得从源头找。

我们检查了每一扇纱窗，发现严丝密合；又看了看下水道，十分完整。书上说，蚊子生于水，我家倒是养鱼养龟，可是换水很勤，可以排除。

“可能是开门的时候溜进来的。”我妈怀疑。

于是我们又仔细把门搜查了一遍，并且进进出出时加倍小心，先用手臂在门口挥舞一阵，确认身边没有蚊子跟着，再把门打开一个小缝，飞速挤进来，跟火烧屁股似的。每次我在门口手舞足蹈赶蚊子，邻居都怀疑我有羊角风。

可即便这么费劲儿，家里还是时不时会飞进来一只蚊子。真是彻底没了办法。既然躲不了，那就只有杀掉了。为此我们准备了各种杀蚊工具，我妈比较常用的是她的拖鞋，不过通常效率最低，因为拖鞋面积大，爱兜风，没拍到蚊子，人家已经闻风而逃了。

我爸最喜欢用毛巾抽了。据他说年轻时单位里苍蝇多，就是用毛巾打，练就了一手甩毛巾功。我近距离观摩了几次，发现的确比我妈厉害，不过也容易有漏网之鱼。我呢就比较科学一些，我买了杀虫喷雾剂，看到有蚊子，对着喷一下，百分之百致死率。缺点是味道太大，容易把人也熏坏了。

听我妈说，以前他们小的时候，哪有什么纱窗、杀虫剂？蚊帐都没一个。一家数口挤在小屋子里，夏天简直热死人。男人们受不了，只好拿着被子睡在房顶上。那时候蚊子也很多，可大家照样睡得香甜，没见谁被蚊子咬死过。

“生活好了，人也变娇贵了。”我妈说。

我家的蚊子还算温和的，在野外遇到的蚊子，那才叫凶残。两年前在老城区的某旧式大院，到处种着瓜果蔬菜，树多草高，蚊子也又肥又大，十分凶猛。下午在外面站了几分钟，胳膊上、脚脖子上就被咬了十几个大包，又红又痒，那滋味别提多难受了。我们实在受不了，又没带任何防蚊虫的东西，好在附近的一位阿姨人好，借了点清凉油，这才算救了我们一命。

这种蚊子还算好的，遇到那种毒蚊子，才真叫倒霉。这蚊子体形不大，通体发黑，飞起来没什么声音，叮你一下可不得了。有次我在小区草地旁站了一小会儿，脚脖子上就被叮了一下，好家伙，不一会儿就肿了一圈，又痒又疼，好几天消不下去，没办法，最后到医院开了涂抹药膏，抹了一个多星期才终于康复了。

澳大利亚的大蚊子就更不用说了，那里蚯蚓都跟蛇似的，蜘蛛有拳头那么大，蚊子还能小？好在我在那里读书的几年，并没有被它们荼毒过。

这么一想，我家的蚊子也没那么可怕了。其实蚊子也挺不容易的，为了吸口血，东躲西藏，一刻不得闲，干的还是玩命的差事。你看，被打死的那些倒霉鬼，都是犯懒落在墙上的，一直飞着的蚊子就不容易被找到。人不也是这样吗？不使劲儿往前跑的话，就可能被后浪拍死在沙滩上。那些吸到血的蚊子，也不能太得意，占点便宜就可以了，吸得太饱，要么被人发现打死在身上，要么体形太大，暴露目标，最后还是难逃一死。

“它那么可怜，你就让它吸呗，别打死了。”我妈说。

其实如果只是借点血，那倒不是不可以，可想到被叮过之后还要起个大包，还要忍着痒痒，搞不好还会留个疤，我对这种小生物那短暂的同情心就立刻消失了。

这种恩将仇报的东西，还是打死吧！

成为像自己那样的人

▼

小时候，分班或者毕业的时候，同学之间很流行写临别赠言。大家买漂亮的本子，找其他同学写祝福的话，也不管平时跟这个人关系好坏，也不管他写字好看还是难看，只要认识，哪怕只在走廊里擦肩而过，哪怕在小卖部里抢过最后一份猪肠粉，哪怕只是一起在老师办公室被罚过站，只要是自己学校的人，都会被拉着写一页。那时候大家除了攀比谁的本子好看外，还会比谁获得的祝福最多，跟收集宠物小精灵似的。

写祝福的人也都很当一回事，被找得多了，也代表自己人缘好，很有面子，所以在写祝福的时候，也格外用心。有些细心的女孩子，还要带回家去，作业都不写了，花一晚上的时间，用五彩缤纷的画笔来写字，有的贴上会闪光的贴纸，有的则夹几朵漂亮的小花，还有的在上面喷了香水，把祝福搞得色香味俱全。

这些祝福的话里，除了摘抄名人名言、浪漫诗句和电影台词的，除了趁机表白的，使坏骂人的，很大一部分，是祝愿对方以后成为一个什么样的人。孩子的祝福有种真挚的浪漫，既实在又天马行空。他们既希望你能成为某一种人，又无法说出具体是哪一种人。于是给女孩子的祝福，往往与外貌有关。但祝福也得因人而异，分等级的：如果这个女孩子很漂亮，就祝她以后成为大明星、万人迷；如果这个女孩子长得一般，那就祝她成为一个更加漂亮的人，像隔壁班的班花 ×× 一样；如果这个女孩子实在算不上漂亮，就祝她成为一个内秀、可爱、风趣的人。给男孩子的，就五花八门一些，根据兴趣和特点来：A 君喜欢足球，就祝他以后成为一个足球运动员；B 君英文很好，祝他可以去当外交官；C 君爱打小报告，祝他当个大记者；D 君实在不起眼，没啥特点，那就当个忍者吧。

从小到大，我看过许多这样的祝福，收到过许多这样的祝福，也送过许多这样的祝福。大家都说，希望你成为一个什么样的人，却从来没有人说，希望你能够成为自己。

我们都是带着期待来到这个世界上的，从一出生，就被父母赋予了使命，成为一个健康强壮的人；上学之后，老师们会祝愿，这孩子以后会成为一个有出息的人；工作了，领导们说，年轻人，好好干，以后成为咱单位的支柱。

这些都是美好的祝福，承载了爱的期盼。只是有时候这些期盼，也会变成负担。这世界上，总有比你健康强壮的人，总有比你优秀能干的人，总有比你有出息的人。总有一个人，会被身边的人拿来对比。

似乎别人家的孩子，就应该是偶像，是榜样。

“要是能像 ×× 那么有钱就好了。”“我要是像 ×× 那么好看该有多好啊！”“努力，奋斗，没准我能成为第二个 ××。”成为一个像谁一样的人，成了生活的目标。有些人成功了，过着幸福快乐的日子；有些人失败了，既不是理想中的那个人，也不是最初的那个自己，高不成低不就，成了四不像。

以前觉得，要成为一个像谁那样的人很难，现在才发现，其实成为真正的自己，才是最难的一件事。我们真的太容易失去自我了。

容易被别人劝说，容易被生活改变，容易被时间湮没。

我妈以前一直是长发，因为天生自然卷，很不好打理。她很想理一头短发，精神利索又显年轻，还不用那么频繁地染头。可是周围的人都说：“短发不适合这个年纪的女人，年轻人理了才好看，青春活泼，你这个岁数，又不是职业女强人，又不是那女演员孙俪、马伊琍，剪个那么短的头发，像什么样子？”于是我妈一直留着那种半长不长的头发，直到最近，才鼓起勇气剪掉。

我也常被人劝说。换了一款自己喜欢的香水，觉得清新又好闻，欢欢喜喜出门，感觉世界都被我净化了。没想到刚到单位，就被同事批评：“你身上是什么味啊？熏死人了。”还有的说自己的鼻子都要失灵了。这里面有人是真情实意地建议，有人是无伤大雅地开玩笑，但有人说了，就会在意，在意了，再喜欢的香水，再清爽的味道，也觉得打了折扣。第二天再出门之前，都要犹豫是不是换一个味道。哪怕狠下心来，心想：管他三七二十一，我喜欢就好！那按下喷头的手，也没有那么果断了。

生活和时间也会改变自己。它们磨平了梦想的棱角，把所有人变成安稳的懦夫。

刚工作时，有段时间非常不顺利，总想着辞职。世界那么大，我那么优秀，怎么就不能换个地方去发展呢？摆在眼前的机会也确实很多，好像每一扇门都是专门为自己打开的。那时候就想，好吧，那就再干一段时间吧，这段时间过去之后，我就把辞职信甩在领导桌上，到另外的地方去，成为一个比现在更好的人。我总是这样想，遇到困难的时候，就会想离开；一切顺利的时候，又想着拖一拖。日子一天天过去，我也逐渐失去了离开的勇气。现在想到离开，第一个跳出来的不是梦想，而是这个那个麻烦。放弃习惯的生活，重新适应一个全新的环境，我已经没有那样的决心，也过了可以任性的年纪。

我没有成为那个更有出息的人，时间却让梦想成了历史。

喜欢一个人，也会让人失去自我，而且是彻彻底底、从内到外地失去。喜欢一个人，就想变成他喜欢的样子。他喜欢文静的女孩，你就每天穿着不同的裙子；他喜欢篮球足球，你就背下所有球员的名字，熟记所有规则，恨不得自己上场；她喜欢读散文诗歌，你就放下手里的小说，啃那些风花雪月的文字；她喜欢听民谣，你就放弃了摇滚，捧起教程学起了吉他。

她喜欢甜，你就在兜里揣满糖；他喜欢醉，你就去尝最烈的酒。

暗恋多伟大，暗恋多可怕，暗恋让人卑贱到泥土里。

路嘉欣有首歌叫《你不懂》，暗恋时最是感同身受：你的手心是我的天空，你的不安是我的噩梦，我放大你所有感受，不需要理由。你爱过的人，我就会想要变成她，她能做的我不怀疑能做得更多。你离开的人，我发誓不犯同样的错，一开始我就失去了自己，从开始我就不像我自己。

我觉得歌名太贴切了。是啊，我为你做了那么多事情，甚至改变了自己，而你，却什么都不懂。

以前总觉得为了某个人无条件地付出，是件很棒的事情，至于这样的付出对方是否接受，从来没有考虑过。也许是长大了，世故了，现在的我，已经没办法单纯去付出，我需要的是等价交换。如果我给予的和我获得的并不对等，或者一件事情，我觉得看不到成功的希望，那么我会立刻放弃。

年龄大了，生命短了，越来越宝贵的时间里，我只想为自己活着。

我希望有一天，和老朋友们相见，可以在他们的留言本上，写下这样的祝福：

亲爱的老朋友们，我希望你们读自己喜欢的书，听自己喜欢的歌，爱自己喜欢的人，走自己喜欢的路。问心无愧地付出，不留遗憾地努力。我希望你们有足够的力量，去打败生活，克服时间，忽略他人。我希望你们可以自由自在地生活，不必跟随眼前的背影。我希望你们所有的汗水和泪水，都只为自己流。

我祝愿你们，成为像自己那样的人。

在末日来到之前的每一天，

做骄傲的自己，任性地生活。

黄山温泉 / 东北大炕 / 我想要个浴缸 / 分别不要落泪 / 姥姥姥爷 / 三亚是一片沙滩 / 请你做一个『刻薄』的人 / 三十而立

*Chapter*㈣

◇

分别不要落泪

黄山温泉

▼

去黄山还是两年前。

当时第一本书刚定稿，正在跟编辑老师商量书名。由于提出的几个名字相继被否决，又久久没有灵感，有点心烦意乱。恰逢生日，干脆跟朋友们相约，来一场寻找灵感之旅。

旅行的第一站便是黄山。其实我们都不是爱登山的人，个个又懒又馋，坐缆车上山还好，步行爬山，可能在海拔二十米的地方就会放弃。都说山顶的日出日落最漂亮，因此很多人专门在山上等待，但我们这些丫鬟身子小姐心的家伙，起不得早熬不得夜，受不得冻淋不得雨，要在山上熬一夜，那是不可能的。记得以前在大理，房间的窗子正对着洱海日出的方向，只要睁眼就可以欣赏到美景，结果我们睡得昏天暗地，愣是没睁开这双眼。

之所以去黄山，其实是为了温泉。

我上辈子可能是条鱼，被拍到岸上干死的那种，不然这辈子不会这么爱在水里泡着。然而我又特别㞞，不会游泳，晕船晕水，是个不敢下海的男孩儿，所以最喜欢在浴缸里泡着，而温泉就是浴缸的升级版。我老家就有温泉，货真价实的那种，当地政府还专门修了个温泉广场，中间的喷泉和池子里的水都是从地下引的温泉水，淋在身上十分暖和。然而温泉广场很快沦为洗脚广场，附近的大爷大妈们没事时都会过去，把鞋袜一脱，大脚丫子伸进池子里泡着。近百个老人围坐在池子前洗脚，场面也是蛮壮观的，都能去申请吉尼斯世界纪录了。

我泡过最好的温泉是在长白山。那是露天的大池子，更衣室在屋里，脱完衣服之后，打开门，外面零下二三十摄氏度，阵阵寒风迎面而来。这时，得咬紧牙关，快步跳到池子里才行。坐下之后，泡在水里的部分暖和了，露在外面的部分却很冷，真的是冰火两重天。要是把头发沾湿，没过一会儿，就根根直立了。我记得那天下了雪，池子里只有我一个人，墙壁上是厚厚的冰层，眼镜上是温暖的雾气，哪怕一片朦胧，也是漂亮的景色。

正是因为留下了美好回忆，所以觉得山里的温泉差不到哪儿去。在做攻略时，发现黄山竟有温泉山庄，我立刻施展三寸不烂之舌，软磨硬泡，小伙伴们才勉强同意。

我们在合肥集合，坐高铁，几小时后便到达黄山。黄山火车站应是新建的，人少，建筑十分上档次。然而部分工作人员的工作态度却拉低了它的档次。出站时，我的一位朋友因为弱视看不到刷票口，动作因此慢了些，便被一名女性工作人员大声呵斥。我最恨别人欺负朋友，也不管什么好男不跟女斗，上前跟她理论。

对方却把工作牌甩到我脸上，叫我直接去投诉。我能怎么办？当然是满足她。我拿着她的工作牌冲到楼上办公室找站长，最后一个自称是副站长的人表示会查明情况。随后又打来电话，说确是她不对，要在职工大会上让那人检讨。只希望那个女子好自为之，换位思考一下，若是她自家亲戚朋友在外受到这样的待遇，心里是什么滋味。

这段小插曲并没有破坏我们的兴致。酒店的车就停在站外，半小时左右的车程，便到黄山的半山腰，温泉山庄就在这里。山庄四周环山，风景秀丽，没有成群的游客。酒店的设置非常有趣，明明是同一家店，却根据房间价格分为不同区域。相对便宜的在山下，贵一些的在半山上，被我们调侃为富人区。两者之间步行的话要二十分钟。我当然选择住富人区，因为窗外的景色很是不错，拉开窗帘便是青山绿树。来泡温泉的人很多，选择在这里过夜的却很少，大多是白天匆匆一泡，赶在天黑前离开。

安顿下来已是下午，几个人已是饥肠辘辘。在山庄里觅食，找到了一家小餐馆，门口有只肥硕的兔子，看得我们口水直流。老板却说是养着玩的，不会杀了吃肉。我们只得放弃，要了鸡和鱼。景区里吃饭肯定不便宜，却也对得起价格。肉很嫩美，青菜也新鲜，连可乐都格外好喝。

吃过饭，夕阳西下，回房间的途中，遇到一批批返程的游人，个个头发潮湿，脸色红润，应是泡得不错，这也让我对这里的温泉更加期待。于是我火速赶回房间，拿好换洗衣物，冲向温泉。

跟白天不同，夜晚的山庄更加安静，两边的店铺几乎全部打烊，路灯温柔地照在山路上。我们三人走着聊着，顺着路边的指示牌，很快便到了温泉区。

黄山温泉也叫飘雪温泉，是黄山四绝之一。传说它每隔 300 年就会流一次朱砂红水，所以当地人也叫它朱砂泉。据说温泉有治疗疾病的作用，有个老人每天来这里泡澡，100 天之后，本来花白的胡须都变黑了。我是相信温泉疗效的，虽然没有返老还童那么夸张，不过的确对身体有好处。记得之前在长白山泡露天温泉，

入池之前胳膊上有道伤口，泡过温泉后，伤口竟然愈合了。可见是泉水中的矿物质起了作用。

我把泡温泉的好处讲给朋友听，结果一个说：“老娘才不在乎呢！对皮肤好就行了。”另一个说：“老娘才不在乎呢！能把胸泡大就行了。”

我觉得她们去韩国可能会更快一点。

之所以选择在温泉山庄留宿，很大一部分原因是可以享受夜间温泉。跟白天相比，夜里来泡温泉的人少得多，更衣室里几乎没人，到了室外，十几个池子里，也只有三三两两的人。这让我们都松了口气，我们都惧怕在外人面前裸露自己。

黄山温泉很大，光是不同的池子就有十几个，什么药浴、牛奶浴、水果浴、茶浴，温度有高有低，味道也不同。朋友小霞被牛奶池吸引，站在白花花的池水边迈不动步，嘴里念念有词：“这能不能喝呀？好不好喝呀？喝了不会坏肚子吧？”也不知最后偷喝了没有。

入夜后，山里温度骤降，单穿着泳衣站在室外，是有些冷的。尤其风吹过来，皮肤上一颗颗鸡皮疙瘩相继跳起。这时也不管什么温泉了，甩掉拖鞋浴巾，猴急地迈进去，却不敢立刻坐下。水太烫，身体骤然间承受不住这样的热度。只能一边咿咿呀呀，一边尝试着坐下站起，像被烫了屁股的猴子。几次反复之后，终于习惯了水温，便把自己深埋在泉水里。

小霞和兔兔都是第一次泡温泉，开始还有些羞涩，在整个池子里只有我们三人时，慢慢也就放开了。我们从这个池子泡到那个池子,最后发现每个池子都大同小异。干脆在最大的池子里坐定，看广场上播放的电影，时不时把漂过来的水球丢远。

山庄的喇叭里放着轻柔的音乐，被风吹树叶的沙沙声盖过。温暖的泉水从脚下流过，风吹过来，迎面的是阵阵水雾。在池底五颜六色灯光的映衬下,人脸都有些不真实。正是这样的朦朦胧胧，让人有了倾诉的渴望。我们聊了许多，一些困扰已久的问题也似乎迎刃而解了。

我们泡了很久，直到山庄打烊才走出池子，互相看看，个个脸色红润，很是幸福的样子。于是简单冲澡，坐班车回房。

晚上果然睡得很香，一夜无梦。

东北大炕

小年前一天，去附近的乡下办事。老天爷特别不给面子，风又大又冷，打在车窗上呜呜作响。车子刚下高速，便飘起鹅毛大雪。乡间土路高低起伏，又湿又滑，几辆车子在路上打转，险象环生。又恰逢农村大集，一辆又一辆电动两轮车、三轮车从身边经过，又一辆接一辆滑倒，扶起，滑倒，再扶起。我们的司机师傅说什么都不肯再走，只好停在路边。

可这雪就像不懂看脸色的讨厌鬼，下个没完没了。我们既不能往回走，留在车上又冻得慌，只好硬着头皮，下车碰碰运气，看附近有没有人家能暂时休息。

大雪像扑在姑娘脸上的粉，把这村子修饰得干干净净。虽然没有高楼大厦，两边的房屋却十分整齐。发黄的墙壁，红色的屋顶，无人的小路，下雪的时候，总是让人感到安静。我们来到一家有绿色的铁门的小院，虽然刚下了雪，门口却已经被人扫得干净，仿佛随时迎接客人的到来。

男女主人十分质朴，简单沟通后，他们同意让我们进屋取个暖，还可以提供午饭。原来，这两口子是做面食的手艺人，平时附近的红白喜事，都来这里买馒头、面塑等。我们来的时候，女主人和几个女伴正盘腿坐在炕上做面食，一个个面团在女人们的手上，很快变成了各种各样的小玩意儿，有小兔子、小老虎，还有盛开的花朵，十分可爱。

我们不好意思白吃白喝，一番商量，请他们帮忙张罗一桌午饭，交过钱后，才好意思坐下。

北方的冬天通常在零摄氏度以下，不开空调，屋里有暖气。山东地区要求冬天室内温度在 18 摄氏度以上，记忆中，老家东北就没那么多要求。前几年没集体供暖时，家家户户要么小区来烧，要么找私人锅炉房，早些年是用暖气片，后来慢慢改成地暖，把管道铺在地板下面，别提多暖和了。锅炉整天整夜地烧着，常常外面零下二三十摄氏度，屋里光着膀子穿大裤衩。晚上洗了衣服不用晾，直接铺在地面上，不一会儿就干了。因为太干，常常要开加湿器。有时候怕太热人会上火，中午还得开一会儿窗子。

然而暖气是城里才有的，记忆中，农村地区的取暖全靠大炕。等待开饭的时候，我们本来是坐在客厅的沙发上，不远处虽然开着电热器，却感到脚趾冰凉，十分刺痛。虽然我已经穿了秋裤，但两条大腿依然冻得直发麻。我受不了，只好站起来反复走动。看我这样，男主人便邀请我们去里屋的炕上。

按理说别人家的床是坐不得的，但在东北，访客进屋基本先上炕，这是一种对主人的亲密。我们便也不再推辞。这家的炕是砖砌的，另一端连着厨房的灶台，中间隔了一扇窗户。可以看到火烧得正旺，大锅上蒸着馒头，有阵阵白烟。大炕也因此热乎乎的。我欢呼一声，扑在炕上，像一张大饼，大字形张开，顿时全身都暖和起来。

作为一个东北老爷们儿，我对炕并不陌生。小时候姥姥家就有炕，主屋一个，侧屋一个，各自连接着一个灶台。因为侧屋住着二舅妈，她整天给我脸色看，所以大部分时间，我都在主屋的炕上待着。姥姥家的土炕特别大，几乎占了主屋二分之一的面积，砌得也高，大约到成人的腰部。靠外的部分刷了一层漆，炕面铺着革皮，有好看的花纹。掀开这层革皮，可以闻到泥土的味道，还有孩子们藏起来的贴纸、零钱、糖纸。白天的时候，人可以直接在炕上坐着，晚上睡觉，就得再铺一层褥子，否则容易上火，严重点还会烤坏身子。这些睡觉用的枕头、褥子和被子，不用的时候，叠好放在一侧靠墙的位置。

我是在姥姥家长大的，而在姥姥家的大部分时光，又是在炕上度过的。可以说，老一辈的东北人，一生中有一半的时间，是在炕上度过的。我每每想起姥姥，场景并不在后来的楼房中，而是在老房子里的那张土炕上。老人家盘着腿，若有所思的样子，听见我进屋，便会笑着招呼:“大外孙冻坏了吧，快上炕暖和暖和。”

小时候，炕是玩乐的地方。大人们上班，姥姥眼盲，不敢让我们出门，便想出许多在家里面玩的游戏。比如讲故事、猜谜语，以及用纸给我们折各种小动物。从姥姥那里，我们听到了许多神话故事，学会了很多谜语，有时候听着听着，困意上涌，趴在原地便睡着了。醒来时，姥姥已经摸索着，在厨房为我们做饭了。有时，我们会把角落里的被褥扯出来，用枕头当墙，围成一栋小小的城堡，在里面玩过家家。小时候家里人多，被褥也总是摞得很高，一个不小心，便全部塌下来，像雪崩一样把人埋在里面，好玩得很。有时，我们就在炕上玩你追我躲的游戏。对孩子来说，炕是足够大的，不过总有马大哈一脚踩空，从炕上摔下去，满眼金星，号啕大哭。这时候姥姥就会心痛地把倒霉鬼搂进怀里，揉一揉，吹一吹，哄一哄，疼痛便飞走了。

吃饭也不用下炕，直接用炕桌。若是买了馒头、包子，不必拿到灶台去热，直接丢到炕上最热的位置，不一会儿就热乎了。在炕上吃饭最舒服了，“吃饱了就睡”这句话应该是人在炕上写出来的。大人们喝酒聊天，孩子们吃饱了，往后一躺，很多次就这样直接睡着了。到了晚上睡觉的时候，把褥子一张张挨着铺好，怕冷的挨着灶台那边，怕热的在最边上。睡觉的位置也有讲究，脑袋不能对着墙，要冲着外面，枕头摆在炕边。铺好了床，大家钻进被窝里，大人关了灯，只有电视荧屏一闪一闪的。一觉睡到天亮，灶台里的火灭了，炕却依然暖和。

大约是上小学的光景，姥姥家的房子拆了，大家都搬进了楼房，那一个个炕，也随着老房子被埋进了记忆里。从那之后，我就再没睡过大炕。直到某次去平遥，在一家客栈里竟然发现有炕，然

而那是用电取暖，并不亲人。一个晚上被烤醒几回，第二天喉咙干疼得很。

此时这户人家的土炕，暖和得像是姥姥的怀抱，让我舍不得离开。然而这温暖只是借来的，雪停了，饭毕了，便没有借口再留下。我们跟主人告别，走出小院，白色的道路一望无际，天空里的阴霾像是被净化了，回头看看，阵阵炊烟升起，让人回想起刚才的暖，就像是清晨的炕，火灭了，尚有余温。我便带着这样的余温，继续前行。

我想要个浴缸

▼

很多人都知道，有一个叫吉诺的男孩子，想要一个大浴缸。

这并不是因为大家都了解我，而是因为我真的太能唠叨了。几乎每个认识我的人，都被我用“我好想要一个浴缸哦/呢/哟/呀/啾”这样的话题轰炸过，连小区门口的保安大叔，都知道几号楼几单元有个小伙子，好想要个浴缸哟。

我特别爱洗澡，因为洗澡对皮肤好。《哆啦A梦》里的静香那么美，大雄看了都喊“哇哦！”还不是因为她大部分出场时都在洗澡！我也常洗澡，早晨洗一次，晚上洗一次，出汗了还得洗一次。我妈说，我一直胖不起来，很可能就是由于洗澡次数太多，把油水儿洗光了！

我爱洗澡，还有一个原因是，在洗澡的时候，总会不由自主地发散思维，一些有的没的的想法，都像脱缰的烈马，奔腾而出，灵感大爆炸。肯定有许多朋友与我一样，打开喷头，秒变DIVA，觉得自己唱歌好好听哟，男的有磁性，女的小百灵，《青藏高原》

都能吼上去。在水雾缭绕的浴室当中，水滴在肌肤上滑过，仿佛洗掉了身上的烟火气。看着镜中湿乎乎的自己，真是美了一百倍，娇嫩得自己都想亲一口。我的一位女性朋友对我说，她常常在洗澡时幻想自己是绝世美人……要么幻想和金城武在花洒下激吻……

真是会给自己加戏啊！

戏精们光有淋浴是不够的，为了上演更多戏码，就需要一个浴缸了！比如在水中扮美人鱼，假装溺水被王子救上来进行人工呼吸，溺水总不能站着昏倒吧？躺着才好演啊！把热水放满，丢一块香喷喷的入浴剂，看泡泡侵占浴缸，缓缓解开扣子，让衣服顺着白皙光洁的大腿滑落在地，探一只脚出去，优雅地用脚拇指试试水温，发出“嗯啊”的娇喘，然后缓缓坐下，直到热水和泡沫没过精致的锁骨，此时此刻，身体的每个细胞都在夸自己：啊，好一朵出水芙蓉。这种来自全身的喜悦最后会化为一句话，让人忍不住嘤咛出声：“啊……烫死老娘啦！”

不用怀疑，以上都是我在泡澡时瞎想的。

我一直相信，我之所以没写出能获得诺贝尔文学奖的史诗级巨作，不是因为我没才华不努力，花天酒地挖鼻屎拼高达，而是由于我没有一个浴缸。我跟我妈说：“你看，多少世界名著都是在水里泡出来的。”结果我妈翻了个白眼，说：“你快拉倒吧，你看咱们家养的那三只小王八，整天在水里泡着，怎么没看见它们出书啊？”

有人说："你那么爱泡澡，直接去澡堂子不就得啦？"那当然不行啦，我这身材，可以直接给医学生当骨头架子。在新西兰泡温泉，当地人看我的眼神，仿佛看到一只亚洲跑来的猴儿；去成都泡温泉，我穿个小裤衩，回头率百分之二百，还有人指着我："你看他腿怎么那么细啊？那腰我两手都能握过来。"亲爱的读者朋友们，我写这段真的不是在炫耀自己身材好。我如果是个女孩子，那我肯定勇于展示自己的纤细，问题是我是男的，身无四两肉，并不是什么值得夸赞的事情。我可不喜欢被那种看稀罕物件的眼神打量，看马戏还给钱呢，凭什么我要白白接受目光审判啊！因此，我的泡澡梦，大部分是在酒店里实现的。出去旅行，对酒店就三个要求，一是床舒服，二是要安静，三就是要有浴缸。我妈对于我这个癖好十分不理解。"公共浴缸多脏啊！"她说，"谁都泡，没准儿上一个房客还拉在里面了呢。"

谁会那么无聊，专门在浴缸里拉屎啊！

不过公共浴缸，卫生的确需要注意。以前我都自备一小瓶消毒水，晚上洗澡之前，撸起袖子，义务帮酒店消毒。后来在网上发现了一种神器，叫一次性泡澡塑料膜，把它铺在浴缸上就可以了，泡完就扔，又便宜又方便。连这种神器都想得出，可见泡澡对人类有多么大的吸引力。

但我毕竟不能每天都住酒店，万一人家调查我，看到这么多开房记录，会显得我很不正经。

虽然总嚷嚷着要在自家装浴缸，但从搬进新家到现在，五六年的时间过去了，我还是在用着淋浴。装浴缸这事，听起来简单，但实际操作起来，实在是太麻烦啦！

我家特别小，洗手间更是小得可怜，要是个 200 斤的胖子，上厕所都没法转身拿厕纸。想装浴缸，就要重新改布局。拆淋浴间，改排水。排水改了，地板就要动。地板动了，墙上的瓷砖也要跟着换。换了瓷砖、地板，灯得多装几盏，镜子也要改动。硬装修换了，软装修也不能少吧？白色羊毛防滑毯得有吧？蜡烛香薰也得备着吧？还得买张可以滑动的小桌子，上面放点鲜花、红酒，又泡又吃又喝，岂不是美滋滋？于是从想要一个浴缸，到想要一个浴室。开始我给自己定下的预算，是下个月的奖金。随着愿望清单逐渐变长，付出的代价也越来越大。从一个月的奖金，变成了两三个月的奖金，再增加到半年奖、年终奖，最后可能需要我卖身才付得起。

我还有很多像浴缸这样的心愿。比如我想有辆车，这样去超市采购时就不用自己把大包小包放进出租车，也不必担心大风时被吹乱发型，还可以在周末开车带着亲朋好友到郊区浪一浪。然而在买车之前，得先考驾照吧，考驾照得先复习吧，复习得有资料吧，资料还得去网上下载吧，实在太麻烦啦！再比如我想文身，文什么图案是个问题，去哪里文是个问题，文在哪里又是个问题……

每当我想要一件东西，随之而来的总是一些必须先解决的问题。而这些问题，其实都不是什么大事，可遇上我这拖延症与选择恐惧症患者，就成了大事。我希望事情就像上街买东西那样简单，知道买什么，知道哪儿有的卖，知道怎么去，好，到了目的地，拿上东西，交钱走人，一分钟不耽搁。可实际上这些事情更像玩游戏，遇到某个有点难度的关卡，尝试几次都过不去，便停滞在这里，再也不想玩了。偶尔也会鼓起劲儿来，把困难克服过去，然而一个困难克服了，还有下一个等着，这鼓起的劲儿，也很快被消耗完了。

所以当身边的朋友有了车，文了身，娶了媳妇儿生了孩子，我还是没有浴缸。

分别不要落泪

跟相聚比起来，离别真是个讨厌鬼。偏偏这讨厌鬼如影随形，总是出现在每个角落。

刚上小学时，爸妈双双下岗，家里很穷，揭不开锅的那种穷。爸妈因此决定去很远的地方创业，那年我正好要上小学，因为没有当地户口，只好留在老家，成了留守儿童。

在此之前，我从来没离开过父母。临出发的前几天，尽管家里很困难，爸妈还是给我买了几件新衣服和一些好吃的，好像这些东西，能代替他们陪我过日子似的。出发那天，姥姥把我死死抱在怀里，怕我拦着大人不让走，耽误了时间。然而我哪有那么不听话？都说穷人的孩子早当家，我家那么穷，小小年纪就把我逼成了“心机男”。我知道爸妈是为了让我们过上更好的生活，如果有的选，他们绝对不会背井离乡，绝对不会把我丢在家里。我当然很难过，但他们比我更难过。

所以我表现得特别乖巧，看着爸妈收拾行李，看着他们轮流亲亲我，看着他们拎着行李下楼，一滴眼泪都没掉。直到车子发动，不见了踪影，我才号得惊天动地，嗓子都哭哑了。

后来生意有了起色，家境好转，我被接到爸妈身边，重新成了宝宝。

大学毕业时，每天喝到烂醉。白酒打底，啤酒管饱，整个宿舍弥漫着一股酒精味。知道要分离，再做作的人也真实起来。外面租房子的都搬了回来，常回家住的也不往家跑了，六个人就在寝室厮混，哪怕什么都不干，也觉得很高兴。

那时候天天盼着时间慢点过去啊，不要分离就好了。

我们宿舍的六个人，是出了名的不好管，辅导员听到都头疼。老大、老四是官僚子弟，老二、老三是体优生，老五是个文青，我，老幺，是个奇葩。那时候 209 这个寝室，在整个学院都出名。我们也没做什么伤天害理的事，没有违纪，逃课都很少，也不知道怎么就给人留下这样的印象。每次学院里有集体活动，班主任啊，辅导员啊，班长啊，都要小心翼翼地过来，先确定我们六个老老实实的才继续安排，仿佛我们是定时炸弹似的，只有锁进保险库，其他人才安全。

虽然脾气各不相同，但我们六个，关系是极好的。男孩子嘛，小毛病多，摩擦肯定是有的。比如我不准老大、老二在宿舍抽烟，每次看到，一定抢过来丢掉；老五嫌老三音箱声音太大，老三气得把音箱摔了出去；老四嘴总是很贱，动不动就惹人生气……争吵是不少，动手却从来没有过。我们只打外人。

记忆总在快要分别的时候格外鲜明。我还记得老五第一次见到雪时兴奋的样子。大一的冬天，重庆娃儿老五第一次看到了北方的鹅毛大雪，衣服都来不及套上，穿着内裤扑到窗前往外看。平时总是假装正经的脸上，露出了孩子般的表情。我和他拿着两个脸盆，跑到宿舍楼之间的空地上，像疯子一样，把雪装进去再倒出来，或者朝天空扬起，或者泼到对方身上。玩了整整一个上午，人家都以为我俩有精神病。

学排球的老二，将近一米九的大个子，没啥文化，脾气又暴躁，烟瘾特别大。我见过老二打排球，扣球的时候声音巨响，这巴掌要是打在脸上，估计牙都要飞出去。可每次我把他的烟夺下来丢出去的时候，哪怕他气得青筋直跳，也一次都没动过手，只是嘟囔着跑到隔壁寝室去抽。还记得他每天早晨去练球，怕打扰到大家，便蹑手蹑脚地出门，走之前，会像个哥哥一样，摸摸我的脑袋，把我弄醒了，贱了吧唧地说:“老小，你接着睡呀，我去跑步了啊，你可千万要继续睡啊，别我走了睡不着啊。”还记得因为我的一句“好吃”，每次去学跆拳道，他都会绕路，去买泡菜回来。

还有嘴很贱人也很贱的老三，一天到晚叨叨个不停，就没有他不知道的事。跟他在一起，很少有不开心的时候。什么破事被他一掺和，就立刻欢乐起来。从他那里，我学到了为人处世的圆滑，学会站在第三者的角度去观察身边的世界，学会对很多事情看破不说破，学会用不正经来掩盖正经。然而这么圆滑的老三，却为了我，在班会上公开质问那些嚼舌根的人，问是谁说了我们老小的坏话，敢不敢当面站出来。也是看起来这么肤浅的老三，带我去看了人生中第一场话剧，我不记得剧情，记忆中只有在结尾的时候，满场飞舞的蝴蝶，有一只还落在我的肩膀上。

还有带着我们参加创业大赛的老大，睡觉总是摆出招财猫姿势的老四,四年里，我们一起军训，一起上课，一起吃遍了大街小巷的馆子，一起在考试之前抱佛脚。给了我这么多快乐的兄弟们，就要分道扬镳了。我知道，我们这辈子，接下来见面的次数，用手指都数得过来。但分别的时候我没有哭，我们先在机场送走了老四、老五，老大哭得像个傻子，鼻涕流了一脸。然后送走老二，我跑遍了整个城市，终于买到了适合他的领带。他告诉我，会戴着这条领带，去异地开始工作。剩下的三个人都在本地，无所谓谁送谁。我们在宿舍门口的马路牙子上，呆呆地坐了一个上午。时间到了，拎着行李，说了声再见，便各自回家了。

在车上,看着越来越远的宿舍楼,我哭了。毕业季爱哭鬼成群，出租车师傅见怪不怪，还跟着广播唱起了歌。

“他说风雨中这点痛算什么，擦干泪不要问为什么。”唱得真他妈难听。

还有跟朋友们的一次次旅行，最痛苦的不是开始之前的计划，不是旅途中的磨合，不是过程中可能出现的变故，而是结束时的分别。一年一度的聚会，结束时他们出发去机场，上出租车之前，小霞每次都会哭得像个二百斤的孩子。我们都知道再远的距离不过一张机票就能搞定，却总压不住分别时的伤感。

离别不需要眼泪，

微笑是最好的诺言。

在合肥，火车到站，我和兔兔分别。她一边说着再见，一边流下眼泪。然后仿佛对自己很生气似的，嘴里骂着脏话，泪却流得更凶。她说：“我其实是想笑着跟你告别的。”我说：“你个傻子，有什么好哭的啊？又不是再也见不到了。”然后跟她拥抱，转身进站，在站台上等车，找好车厢，把行李放好，坐在靠窗的位置上，直到列车启动，在手机里输入“我出发了”，才敢让眼泪落下来。

我不会在在乎的人面前难过，更不会在不在乎的人面前落泪，总之，我是不轻易在他人面前展露出高兴以外的情绪的。可能我太适合当个伪装者，以至于大家都觉得我冷情冷性，似乎并不是特别在乎这段友情。你看，我其实是在乎的，而且也害怕离别，也会因为分别伤心。只是我的眼泪，都在别人看不到的地方流。而且，与其哭着告别，我更愿意笑着说再见。因为这会让人觉得，下次相见似乎没那么遥远。

电影《恋爱地图》里有个场景一直留在我的记忆里。上海女孩儿云，喜欢上了日本来的男孩修平，却一直不敢说出口。修平离开之前，云笑着对他说了一句 Te quiero，告诉他，这是西班牙语中的再见。修平离开之后，云对着他远去的背影，一遍一遍地喊着 Te quiero，慢慢哭了出来。其实，Te quiero，是我爱你。

也许所有爱着的人，都愿意把自己最美好的笑脸，留给离别的时刻吧！

姥姥姥爷

昨晚梦到姥姥了。

在老家的那栋老房子，院里很乱，墙是土砌的，窗户用塑料布密封着，门口的大缸里装满了水，被冻得结结实实。进门，厨房里火炉烧得正旺，右手边的屋子里，泥土地面刚洒了水，湿漉漉的。一张大炕，姥姥盘腿坐在上面，仿佛没有离开过。

我走进去，像以往那样问她："姥，你吃啥好吃的啦？"

"吃橘子呢！"姥姥说。

我说："吃橘子容易上火，吃点龙眼吧，安眠的。"然后剥了一个龙眼喂到姥姥嘴里，姥姥努力嚼了几下，果肉从没牙的嘴里漏了出来。

"龙眼壳别扔啊，有用！"姥姥说。

我问："有什么用啊？"

没人回答，然后我醒了，眼前是熟悉的天花板。

这是姥姥去世之后，我第一次梦见她。在此之前，我从来没有梦见过去世的长辈。姥姥、姥爷、爷爷，都走得毅然决然，不给我留半分念想，倒是常常入舅舅姨姨们的梦。长辈们说，这是老人家心疼我，不愿意给我添麻烦。梦到长辈，说明他们对你不满意呢。

我虽然不愿意老人家不满意我，但是很想梦到去世的长辈们。比如姥姥，比如爷爷。尤其是姥爷，我已经快记不得他的样子了。

小时候爸妈工作恨忙，我身体又不好，在上小学之前，我是在姥姥家长大的。我妈兄弟姐妹六人，下面的孩子有男有女，我是最大的一个。按理说我是外孙，下面还有表弟表妹，老人要疼，也是疼亲孙子亲孙女。可在姥姥家，我却是最受宠的一个，有什么好吃的好喝的，都先可着我来。

姥爷没去世的时候，我整天在他怀里赖着。记忆里，姥爷是个大高个，有花白的鬈发，一脸胡子总是刮不干净，扎人疼得很。姥爷爱喝酒，每顿饭都得一杯白酒下肚。我也因此被灌了不少。往往是用筷子蘸一点点，点到我的嘴里。看我辣得眼泪直流，姥爷就会哈哈大笑。姥姥就会在一边埋怨："给孩子喝什么酒？"

姥爷的脾气很暴躁，几个舅舅小时候没少挨打，据说大舅还被绑在房檐上抽打。这么火暴的一个老头子，却没碰过我的一个手指头。每次我不听话，耍浑了，姥爷就吹胡子瞪眼睛地吓唬我："再不听话我打你了啊！我用皮带抽你啊！"可说是这么说，他压根就舍不得揍我。时间长了，我就不怕了。后来姥爷想了一招，拿针管假装往自己身上扎，吓得我哇哇大哭，再也不敢淘气了。

身体好的时候，姥爷还总爱带着我去湖边散步。说是湖，其实就是个大水洼，我们那边叫泡子。里面有鱼，还有许多水鸟。对于小孩子来说，这是个神秘的地方。所以我每次跟姥爷去湖边，都特别开心。姥爷有时候会带上我妹我弟，但又嫌弃他们走得太慢。其实我走得也慢,但我很奸诈,天生具备撒娇技能。走不动了，就在后面做出努力奔跑的样子，边跑边喊:“姥爷，姥爷，你等等我嘛！姥爷，你走得太快啦！”等姥爷回头等我时，我就伸出小手:“姥爷姥爷，你抱抱我呗，我走不动啦！”如果我弟我妹这么说，姥爷肯定会一脚踹过去，说:“小浑蛋，爱走不走。”但我一撒娇，姥爷就会很无奈地把我抱起来，一边说“你这个小懒蛋”，一边用胡子扎我。

我四岁那年，姥爷由于长期喝酒，肝已经很不好了，常常要卧床休息。大人们怕打扰到老人休息，尽量不让我去姥爷家，但我一有机会，还是爱黏着姥爷。他躺在炕上，我就趴在他的胸口睡觉。姥爷有精神的时候,就让我靠在他的膝盖上,踩着他的肚皮，一颤一颤的。我那时不懂得什么叫生病，不明白为什么姥爷不能再带我去湖边散步，不能抱着我在地上走来走去了。我以为姥爷只是累了，想睡觉了，第二天就会好的。然而姥爷的病始终没有好起来。那年他过生日，我和弟弟妹妹刚刚给他唱完生日歌，姥爷就吐血了。大人们一片忙乱，孩子们什么都不懂。第二天天还没亮，一个舅舅跑回家来，哭着对姥姥说，姥爷没了。

去火葬场的那天，我看到姥爷躺在那里，一动不动。大家都

姥姥，我想你了！

在哭，有人让我也哭，可是我哭不出来。哭什么呢？我不知道什么叫没了，我以为姥爷又睡着了，睡着了有什么好哭的呢？直到后来大家把姥爷推进了一个大炉子，我才着急了，我冲上去，被大人们拦住了。他们哭着告诉我："姥爷要走了，不会再回来了，你快跟他说再见吧，这样他才能走得安心。"我这才害怕了，哭了出来，我不想跟姥爷说再见，我不想让他走。

"姥爷姥爷，你等等我呀，别走太快。我还没有来得及孝敬你呢。"

"姥爷姥爷，我走不动了，等我长大了，我可以牵着你的手。"

"姥爷姥爷，你走了，累了的时候，再也没人等着我，我只好找个角落坐下来，休息好了再上路。"

他们总说姥姥姥爷最是爱我，就连走了，也不愿意给我添麻烦，从来不入我的梦。那么现在姥姥入梦了，是不是她在怪罪她的大外孙，很久没有去看她了呢？而姥爷呢，是不是也在生我的气，所以连再见的机会，都不给我呢？

三亚是一片沙滩

▼

去年生日，我一个人去了三亚。本来最终的目的地是厦门，没想到台风也想去，而且去得比我早，无奈之下只好改变计划。选来选去，最终选了三亚。

我没去过三亚，上初中的时候，姑姑曾经跟单位的人一起去过，回来的时候黑了一层，还带了好几件大花衬衫和几条花裤衩。我爸喜欢得不得了，每到夏天就拿出来穿上，搞得更不像个好人，学校里的小混混都不敢抢我钱。还有段时间，东北人特别喜欢去三亚过冬。我上大学的时候在外面租房子，房东是一对老夫妻。天开始冷了，老两口就把房租出去，买张机票去海南猫冬，春天暖和了再回来。大量的过冬族，让海南的房子好卖了起来，那时候出租车广播里整天搞团购，什么三亚某某小区白菜价，买多少套送多少套之类的，好像房子像厕纸般便宜。身边还真有不少叔叔阿姨去那边置业。我觉得海南人肯定恨死东北人了，房价炒这么高，有他们的一份功劳。

因此，我对于三亚的印象，仅仅是碧海蓝天，还有大花裤衩了。我所在的城市也有大海，因此在三亚的几天，我打算在酒店里度过。以前觉得，旅行在外地的每一分每一秒都是钱，恨不得时时刻刻在各个地方游荡，把好玩的好看的好吃的都尝试一遍，酒店只是睡觉的地方，有床铺，能洗澡，也就够了。这几年可能年龄大了，精力没有以前那么旺盛，去旅行，看风景成了其次，主要是为了休息。比起满档行程，我更喜欢在陌生的城市里闲逛，觉得累了，就在街边小店喝茶，看来往行人。每天要睡到自然醒才肯出门。

对于酒店的要求，也自然比以前高。

这次去三亚，便是为了一家很好的酒店。这家酒店对我来说并不便宜，几晚下来顶得上一个月工资。位置也比较偏，距离市中心，有四十分钟左右的车程，且出入很不方便。犹豫了几天，泪水打湿了几个枕头之后，我还是咬咬牙，定了下来。

到三亚的时候果然下着雨。不过贴心的司机师傅安慰我，三亚是常常下雨的，跟雨男体质没多大关系。因为接下来的几天我都不想离开酒店，所以便提前尝试了一下传说中的海南鸡饭，还找了一家超市，买够了酒、水果、零食等。三亚虽然也是沿海城市，却要比大连、青岛更为悠闲。我去过的沿海城市，其实并不是处处都沿海，沙滩都在景区，悠闲与热闹仿佛一场戏，跟真实生活没什么关系。三亚似乎更加坦荡，车子路过的大街小巷，似乎都可以看到海，也能看到各种各样赶海的人。有穿着沙滩裤的老外，有拎着小桶的一家三口，也有皮肤黝黑的本地大叔。城市并不繁华，马路也并不忙碌，看起来很是悠闲的样子。

远离市区，沿着一条弯路一直走，右侧是山，左侧是海，可以看到广阔的海平面。下雨天，并没有碧海蓝天，雨滴在车窗上滑出一条条斜线。司机师傅年纪不大，不到三十的样子，有朝九晚五的工作，因为儿子刚出生，闲暇时便出来开车，赚点奶粉钱。我要去的地方，师傅有所耳闻，却并未去过。只对我说这家酒店刚开不久，出手十分阔绰，买下了整个湾，之前在当地也算是个大新闻。开业之后，因为地点偏僻，隐私性好，有不少达官贵人、明星大腕来住过。这些人当然不可能打车前往，因此当地的司机师傅很少来这里。他透过后视镜打量了我一会儿，似乎也看出我并不像个有钱人家的少年，没准以为我是新招的服务生，便不再言语。

我们走过九转十八弯的沿海公路，当广阔的海逐渐狭窄，对面的海岸上出现了一栋栋建筑时，目的地便到了。像司机师傅说的那样，这里是片独立的湾，酒店仅这么一家。因为既不是旅游旺季，也不是假期周末，所以大厅里的人很少，我也很快办好入住手续，安顿下来。

送走了送行李的印度小哥，环顾房间，我不由得像个土包子般感叹：有钱就是好啊，有钱人住的酒店都格外好。浴室比我的客厅还大，180 度全海景，窗外就是一片海。《欲望都市》电影版里，卡丽终于要嫁给 Mr. Big，结果婚礼的前一刻，Big 先生临阵脱逃，伤心的卡丽和女友们去了墨西哥的昆坎，在蜜月套房里大睡几天，最终因为看到女友夏洛特拉在裤子里，重新找回了笑容。

我没有愿意当众拉裤子给我看的朋友（也不想看），所以并不懂得卡丽为何如此迅速地振作起来。细数她和 Big 的感情史，分分合合，至少演了好几季。换成是我，爱人成了落跑新郎，可能得失魂落魄个半年才恢复得过来。

在三亚住了几天之后，我终于理解了。在这么舒服的地方住着，别说是被新郎放鸽子，就是新郎死了，估计也能治愈回来。我真的一天都没有离开酒店，每天睡到自然醒，洗漱后散步到餐厅，对着大海吃一顿早午餐，然后闲逛一会儿，回去午睡、泡澡、发呆，直到晚餐，再次闲逛、泡澡、喝酒、睡觉。我喜欢这里的悠闲，哪怕这一刻的悠闲要用很长的时间去赚。

最让我喜欢的，是酒店的私人沙滩。它面积不大，不适合游泳，碎石也多。可我就是十分喜欢，第一眼见到时就喜欢，喜欢到忘了付房钱时的肉痛。每天的大部分时间，我都在这片沙滩上坐着。难得早起，想看看日出，结果对面的山头挡住了太阳，但也没关系，我可以看着逐渐亮起来的天空幻想。黄昏的时候，我来看日落，闹了一天，海面难得平静，夕阳把山头和云彩晒得通红。沙滩上空无一人，没有人来打扰，我可以发呆到天荒地老。当天边红云消失，对面岸边亮起三两灯火，便可以起身离开，从寂静回到热闹之中。

跟晴天相比，我更喜欢雨中的沙滩。三亚的太阳太明媚了，一个人的时候，这种明媚反而让人觉得心里空荡荡的。雨天虽然让人不快乐，却并不别扭。有时候，享受这种不快乐，还蛮快乐的。我所在的几天里，大部分时间都在下雨，也让人习惯了到处可见的雨景。泡澡时窗外的雨景，闲逛时走廊边的雨景，院子里的雨景，草地上的雨景，最让人喜欢的，还是沙滩上的雨景。虽说下雨，却不大，即使不打伞，也不会十分狼狈，走在雨里反而舒服起来。

雨天的沙滩更加宁静，沙滩与海面像是宽厚的胸膛，包容了雨滴落下的声响。沿着沙滩散步，海水没过脚面，阵阵雨丝扑面而来。手机是拿不得的，否则就要进水。这反而让人清静。平时总是低着头，对着小小的屏幕，要么塞紧耳机，与外隔绝。许久没有如此专心地走路。我终于明白电影里卡丽把手机丢进海水当中时的心情。在这样万籁俱寂的环境里，只想摆脱一切烦心事。

在这片沙滩上，可以忘掉烦恼，可以不在乎形象，穿最舒服的衣服，做最真实的自己。我穿着印着小鸭子的红裤衩，大了一号的破拖鞋，XXL 的打折 T 恤，哪怕什么都不看，闭上眼睛，听风的声音，浪的声音，鸟的声音，也可以消磨一整天。

朋友们听说我每日在沙滩上“浪费时间”，纷纷表示我疯了。他们说：“难道青岛没有海吗？难道大连没有海吗？你多走几步，到处都可以看到海啊！到处都是沙滩啊！何必跑到那么远的地方去？”他们说沙滩都是一样的，可我知道，它是不一样的。

哪怕看起来一样，闻起来一样，海浪和风吹的声音也一样，可沙滩与沙滩之间，就是不一样。那些沙滩，是属于别人的，而这片沙滩，是属于我的，哪怕只是暂时。当我为了工作忍受一次次刁难，加班到半夜走在路灯熄灭的马路上，错过一日三餐饿到胃疼，被人无视被人误解的时候，我会想到它。我会在耳边偶尔吹过的风中想到它，我会从天空中飘落的雨中想到它，我会从破碎的贝壳、鞋里的细沙、岸边的脚印中想到它。

我会想到那片沙滩，我知道，我还会回去的。于是眼前的一切，便像是沙滩里的碎石，即使硌脚，也能坚持走下去。

请你做一个“刻薄”的人

最近做了一期直播节目，主题是请大家现场连线，吐槽自己的奇葩同事和老板。本以为这个主题会很容易冷场，我还专门准备了自己的几百件糗事，准备随时抛出去，结果大家意外地积极，主动连线的听众比平时多了许多。

看来大家真是遇到了许多奇葩的人。

有个声音很软的姑娘，上来就吐槽了她的同事。同事是个中年猥琐男，只在梦里有对象的那种，就坐在姑娘对面，平时有意无意总是跟姑娘套近乎，甚至还动手动脚的。姑娘跟他说了几次，对方也没有收敛，只好去找了办公室的另外一个姐姐。结果那个姐姐竟然劝这位姑娘忍着点，说对方是上司，不好惹，闹大了对她也没好处之类的。

姑娘是个软性子，可能也没什么社会经验，就这么忍了下来，结果对方变本加厉，最后实在忍不了……

“把他给暴打一顿？”直播的时候，我充满期待地问。

“我辞职了。”姑娘弱弱地说。

还有个声音很有元气的姑娘，刚刚入职。最近有一次升职的机会，为了这个，她天天加班到深夜，周末也主动放弃休息，就是为了多学一点东西，多做出一点成绩，让领导看到自己的价值。结果在结果出来的前一天，领导找这位姑娘谈话，大意是想让她放弃这次机会，让另外一个人升职。还告诉她，她还年轻，未来还有许多机会，不如先把这次机会让出去，也能再锻炼锻炼。

这位姑娘觉得特别委屈，对方明明没有自己优秀，怎么领导就选择了对方呢？她觉得自己不够优秀，最近一段时间都垂头丧气的，甚至觉得以后都不会有机会变得更好了。我问她，有没有对领导表达自己的想法，再争取一下呢？她说没有，因为没有勇气，只好默默忍下这份委屈。

一场节目下来，除了感叹这世界上有太多奇葩外，我发现许多听众真的太善良了。

善良到让人想冲上去狠狠扇两巴掌，把他打醒。

不知道你们有没有这样的经历，跟人吵架时总会词穷，吵完了，人家都走出二里地了，你才反应过来：我当时应该这么骂他！领导问大家的意见，其实你有想法，却因为一些顾虑不敢说出口：不成熟啊，成功率低啊，怕人家觉得你出风头啊……在你犹豫的时候，要么会议结束，要么别人把你的想法说了。如果意见被否定了，你便安慰自己，幸亏没当出头鸟，没有丢这个脸。要是意见被采纳，得到领导赏识，你能后悔好几天。

类似的情况还有很多，暗恋一个人不敢说，想请病假不敢说，被人占了便宜不敢说，面对误会不敢说。什么都不敢说，最后坑的都是自己，却也没有办法，只能独自生闷气，后悔自己为什么那么㞞 。

是啊，你为什么那么㞞呢？你在怕些什么？

最近有个关系不错的领导姐姐私下跟我谈话，她说："小吉啊，你是个不错的孩子，性格好，也挺有能力的，就是不太会做人。"我吓了一跳，以为自己有什么作风问题，赶紧问姐姐，我犯了什么错？姐姐说："你看，你平时把什么事情都发在朋友圈里，那么多人看着呢，好事也就罢了，坏事发出来，那不是给人嚼舌根吗？"

原来是这个。

我以前说过，在工作的微信朋友圈里，我会发许多负面信息。因为我觉得这些委屈是在工作中受到的，所以要及时还给他们，而不是憋在心里，或者把它们发泄给我重要的亲人朋友们。所以遇到我看不惯的事，我会直接在朋友圈里说出来。比如某个同事在我的座位上吃了瓜子，却把瓜子壳留在那里。或者借了我的东西，弄坏了不说一声就放了回来。又比如觉得领导在某件事情上十分不公平。这些乱七八糟的负能量，我都会发出来。

这位姐姐并不是第一个这样对我说的人，我知道他们是关心我，我心里也很感激。但就像我回复这位姐姐的那样，我就是这样一个人。我喜欢有话直说，我不伤人，但别人惹了我，我就要怼回去。如果一件事情我做错了，哪怕我觉得委屈，我也会道歉。

我不怕得罪人，我也不怕因此失去某些机会。我不知道自己还能活多久，在还健康活着的时候，我只想做一个真实的自己，可以坦率说出自己的想法。

“可以婉转点暗示啊，你这样让当事人看到了多不好……”姐姐说。

我说：“发出来就是要给当事人看的，不想被我怼，就别惹我啊。”

有人说我很mean，我谢谢夸奖。谁都想当一朵白莲花，但生活总会给nice的人一巴掌。在职场里，你跟个包子似的，就像在宫斗剧里活不到一集，就被太监投到井里淹死了。有时候，mean一点的人，反而会得到别人的尊重。单位有个新来的同事，人不坏，业务不怎么样，偏偏脾气有点大，跟他合作过的人，都会被坑一把。而这家伙毫无反省之心，team work因为他的部分被领导骂了，他反而会怪罪同组的人：“为什么不帮我打好掩护呢？”

我不讨厌业务差的人，因为大家都是从菜鸟过来的，但我讨厌自己明明犯了错，却把责任推到别人身上的人。尤其是男人，没有担当，那和蚯蚓有什么区别？蚯蚓还能松土呢。于是有两次领导将我跟他分到一组，我就会直说，任务比较繁重，我需要有经验的老手，别给我添乱，我没空带孩子。最近有一天，人手实在紧张，也只好跟他搭伙。结果一天下来，这家伙任劳任怨，不用我交代，自己就把该做的任务都做完了，还主动检查了好几遍，确认没有问题了才交给我。

如果刻薄才能赢得尊重，

我要用全身的刺来面对世界。

我当时还以为他发烧了，后来才知道，他跟别人说，觉得我这个人很刻薄，不愿意惹事。

你看，刻薄有时候还是会给你带来好处的。

刚入职的时候，我也被欺负过。那次去其他部门借一份资料，结果拿到手之后发现有一部分损毁。我立刻到这个部门去，找到负责老师，想通知他资料坏了，别耽误了正事。结果话还没说完，那个胡子拉碴的死胖子对我吼："你什么意思？意思是我弄坏的？"我当时特别㞞地摇头说："我只是提醒您一声。"结果对方吼得更大声："你跟我说这个有个屁用！"

而我竟然灰溜溜地走了。

这么多年来，每当想到这件事，我都恨得牙痒痒。既恨那个死胖子，也恨当时懦弱的自己。如果是现在的我，一定会直接把那份资料摔他脸上，骂他个狗血淋头。

但 mean 不是要无差别攻击，如果是人家找你帮忙，或者并不是故意的，这就没有 mean 的必要了。刻薄是针对敌人的，对待亲友和同事，要像猫一样热情。

所以当你受到了不公正的待遇时，或者是遇到了不可理喻的人，请你不要委屈自己，就做一个刻薄的人，像只勇猛的大鹅，去守护自己的权益。你尊重了自己，别人才会尊重你。

三十而立

“成熟一点吧！”最近总能听到这句话。

穿迷彩服戴棒球帽的时候，老妈会说：“成熟一点吧，你已经不小了。”追新番动漫的时候，同事们会说：“你还看动画片呀？成熟一点吧！”想买乐高、手办的时候，朋友们会说：“成熟一点吧，还不如省钱买车买房。”

虽然不想承认，但过了今年的生日，我就三十岁了。

三十岁是个什么概念呢？以前我总觉得，三十岁，是老男人了。记得刚进单位那阵，一个三十岁的同事做年终总结，第一句就是“今年我三十岁了”。我在台下翻了个白眼，男人三十，老狗一只。那时我才二十三岁，毛头小子一个，屁事不懂，空有一股子傻劲儿，也不会看人眼色。当时过关斩将，顺利签了合同，大领导问我想去哪个部门，我竟然跟他说，我想去又轻松又赚钱的地方。估计领导就没遇到过我这么二的，都被我逗笑了，告诉我单位里没那种地方，哪儿都特别辛苦。

于是这么一辛苦就辛苦了七年。

刚工作时真拼啊，特别有干劲，总觉得全世界都掌握在自己手里。那阵子还相信理想，愿意为了它去奋斗。受委屈了也觉得没什么，大不了换个地方，重新开始。记得最拼的时候，连续工作了四十天，跨年的晚上，一个人在港口工作到凌晨四点，再赶回单位继续上班。那时候总想着要上进，要努力，要被认可。累点啊，苦点啊，都没啥怕的。

那时候对爱情也有天真的幻想。总觉得有那么一个人，长相、内在都符合自己的要求。虽然暂时没出现，但肯定就在下一个街角蹲着呢。因此对于路上偶遇的那些桃花，变得格外挑剔，这里不好，那里不行，一点都不肯将就。那时候觉得，爱情，就是要完完美美，长长久久。

年轻的时候总是不着急生活，以为有大把时间，于是把一些事情拖着拖着，最后拖到自己都老了。好像突然之间，就不再年轻啦。不再是单位里最小的那个人，各种琐事也用不着去干了，越来越多的小朋友出现在职场上，看着一张张青春活力的脸，才发现，自己确实是比不上了。读书的时候，看到一句“耳畔频闻故人死，眼前但见少年多”，简直诛心。

遇到孩子，也不会被叫作哥哥了，一声声叔叔喊得人心烦意乱，却又无力反驳。我是叔叔吗？我还想叫你爸爸叔叔呢。慢慢地，开始不懂得现在年轻人的话题，什么最新的游戏啊，搭配的衣服啊，好听的歌啊，又喜欢上哪个小鲜肉、小仙女啊。偶尔插上那么两句话，总觉得别扭，甚至还有小朋友当面对我说："你好老派啊！"

完了，莫名其妙地，我也成了自己曾经翻白眼的那种男人老狗了。

我怎么就三十了呢？仔细想想，这是件多么可怕的事啊！生命竟然就这样过去了三分之一，而我还懵懵懂懂的，像只快乐的小傻狍子，在人生的草原上撒欢儿奔跑着。我怎么就三十了呢？我还没赚到人生中的第一个一百万，还没买第二套房，还没顺利勾搭到心仪的人，还没开跑车、买海边别墅、每天端着香槟自拍发微博臭显摆呢！

我还没拿到诺贝尔文学奖，甚至连第十本书都没出！

天啊，我的人生太失败了，庸庸碌碌地就变成了一个三十岁的老男人了。以前跟人家见面，总是叔叔阿姨、大伯大妈地叫，现在自己也成了长辈了，身边的朋友一个个结婚生子，聊天的话题也从旅行喝酒变成了家长里短，朋友圈里除了微商秀恩爱，就是晒孩子。年轻人玩的时尚软件，又都不会用。

三十了，身体也大不如从前。以前熬夜泡吧，第二天该干吗干吗，一点不受影响。现在过了十点，哈欠连天，甚至能在震耳欲聋的酒吧里昏昏欲睡。去打球，小伙子们全场挥汗如雨，精力十足，

希望三十岁的自己，

可以成为从容任性的中年人。

我打个十几分钟就气喘吁吁，第二天全身酸痛，像是被一百头野牛轮流踩了一夜。我的脾气也变得格外温和，不再是个小炮仗，一点就着。我开始相信长辈所说的吃亏是福，吃点小亏也不在意了，甚至连徒弟都能踩到我头上来。确实没力气和闲心去发火了。

担心的东西也不同。以前担心工作，担心前途，担心爱情。现在唯一担心的就是健康——自己的，父母的，身边朋友的。开始注重养生，每天几杯水，定时锻炼，营养搭配，吃保健品，并督促爸妈去体检。害怕听到任何亲友住院的消息。工作不再只是为了理想，赚钱成了最重要的任务。年轻时总想着得到更多，三十以后，想的却是怎么才能留下更多。

偶尔心里还会不服老的。单看长相，自认为并不比那些二十出头的小伙子差，会穿粉嫩的衣服，会去尝试年轻人的玩意儿，也会去接受那些年轻人的暧昧。然而就这么到了三十，还是总有人叫我成熟一点。拜托，我都已经而立了，还要怎么成熟？我出去旅行的时候已经拿着保温杯接热水了，走路的时候还爱背着手，甚至都开始喝浓茶了，还要怎么成熟呢？难道要我每天早晨跟着楼下的爷爷打太极，晚上跳广场舞，然后回来对着电视织毛衣吗？

三十怎么就不能任性呢？人生的后几十年我都要急着成熟、衰老，我为什么要在这还能勉强装嫩的年纪成熟呢？

为什么不能任性地活呢？这时的任性不是那种少年般的任性，而是一种淡然的、不受他人影响的洒脱。不再为了一些不切实际的梦想挥洒汗水，不再浪费时间去做一些没有意义的事，不再不求回报地去追逐某个人。过自己的生活，不在乎他人的评价。不想应的局便推掉，不想爱的人就拒绝。我的人生那么短暂，没有时间去将就。

三十岁，是该坦然面对、洒脱生活的年纪。

话语权

贫穷让人哀伤

心理阴影

特

香水

预知未来

归属感

小龙虾

野馄饨

偶尔的奢侈

Chapter ㊄

◇

时光会记得你我

偶尔的奢侈

▼

去意大利时，我花光所有积蓄，买了个两万多块钱的包。奢侈品牌，真皮，双肩，非常大，背起它来，我瞬间变成年轻貌美版的龟仙人。从背后远远看过去，还以为是包长了两条腿儿。

其实我并没有太多可以用它的机会。工作的时候不能背，休息的时候基本宅在家，出门旅游，一年也就出去一两回，这么大的包背着也不方便。于是从买回来到现在，半年过去了，这个巨大的背包就像位娇媚的贵妃，刚进宫时惊艳四方，受了一阵子恩宠，可没过多久就被打入冷宫——衣柜里了。

不过即便如此，我还是一点都不后悔买了它，哪怕因此花掉了好几个月的工资。

为什么？因为爽。

我妈要是听见我这么说，非得一个大耳光抽过来不可。在理财上面，我俩有巨大代沟。我觉得，钱是赚出来的，而不是攒出来的，你能花钱，才能赚钱。我妈却认为，奢侈就是原罪，有钱就该攒着，每个硬币都该花在刀刃上。所以对于我这种偶尔的奢侈，她非常不能理解。

我妈最常说的一句话是：“钱跟你有仇啊？你这么花！”而我最常说的一句话是：“钱是王八蛋，老子要花死它。”

出门旅行，通常我会选择住好一点的酒店。手头宽裕，尽量住五星酒店。不是为了装，单纯贪图舒服。旅行是件让人享受的事，这种享受不仅是在看到美丽风景，或邂逅友好陌生人的时候，还包括出门后每时每刻的衣食住行。有句话叫穷家富路，说的就是在路上一定要多带点钱。所以我一直不太理解穷游。难得可以从忙碌的生活中逃开，为什么要让自己过得那么苦呢？平时的生活还不够苦吗？

我说出这种看法，肯定会被人骂：难道穷人就不能看远方的风景了吗？

可是，穷还看什么远方呢？难道不应该抓紧每分每秒努力赚钱，改变现在的生活吗？远方又没有金矿，风景又不能当钱花，你去西藏洗涤了心灵，去国外长了见识，就能变富有了吗？穷就别旅游了，不如在家看书。

跟朋友去逛街，如果他们遇到喜欢但有点贵的东西，犹豫不决时，我通常建议买下来。也因此被埋怨：“你怎么总怂恿我花钱呀？”

我觉得你实在喜欢这东西，只要没到倾家荡产、卖血卖肾的地步，就可以买下来，讨自己欢心。为什么不呢？每天朝九晚五的工作是为了什么？顶着客户臭骂摆出笑脸是为了什么？饿到胃痛也不去吃饭是为了什么？为了钱呀！而钱不就是用来买东西的吗？我们那么辛苦地生活，难道不能偶尔花钱，讨自己欢心吗？

偶尔奢侈一点，没错吧？

做个上千块的发型，自然跟大桥底下五块钱一次的不一样。走在大街上，自己都觉得自己美翻了。买件奢侈品牌的当季新款，穿着去上班，感觉一天都格外有盼头。喷昂贵的香水，不光自己喜欢，暗恋的男神都喊香。

偶尔奢侈一下，增加自己的自信心，为什么不呢？我背着两万多元的包，觉得整个城市的灯都亮了。说话敢直视人眼睛，走路敢抬头挺胸，遇到否定的时候，敢表达自己的观点了。你可以说我虚荣，但这种虚荣给了我自信，让我有动力去追求下一次虚荣。为了买下一个包，我会更加努力去工作；为了在旅行里住更好的酒店，我愿意尝试更多的挑战。骄傲使人自爱，虚荣让人进步，没听过吗？你觉得自己的床很舒服，很可能是因为没有睡过更好的床。你觉得隔壁的王二花真好看，很可能你没有见过更多的美女。我们总在自己熟悉的圈子里玩耍，就会错过很多外面的精彩。偶尔的奢侈，可以让人见识到更多。

喜欢享受没有什么可耻的，偶尔的奢侈也没什么不妥，只要它们是你的努力换来的。

想活得更好一点，

不可以吗？

野馄饨

▼

青岛没什么夜生活，既不像北京、上海那样繁华，也没有成都、重庆那么热闹。天一黑，整个城市就安静下来，斯斯文文的样子，跟山东大汉的形象十分不搭。

在这里生活了这么多年，太阳一下山，我便乖乖回家，不是因为安分，的确是无处可去。其实是有酒吧的，静的闹的，海边的楼顶的，里面照样霓虹闪烁、音乐劲爆，只是现在老了，蹦不动了。何况那是痴男怨女找邂逅的地方，我这种看破红尘的人还是算了吧。记得去年的万圣节跟朋友去一家酒吧，一个晚上有七八个男子给朋友买酒喝，然而这种待遇并没有让她开心，因为这些男人基本上都是膀大腰圆，运动服，大金链子，除了土大款就是暴发户，可能就缺个扒蒜小妹。

野馄饨就是青岛的夜生活。所谓的野馄饨，是指野外的馄饨，说白了就是路边摊。当然不只是卖馄饨，还有烧烤和啤酒。一个自制大铁炭炉，几个泡沫箱子，加上桌椅板凳，冬天的时候再支顶红帐篷。据说这些小摊最开始并没有这么多业务，就是单纯卖馄饨，给喝醉酒的人暖暖胃。结果醉鬼们把胃暖过来之后，又开始想喝酒了，摊主们干脆就再加点烧烤。野馄饨通常摆在大街小巷的路边，或是某个十字路口，白天是没有的，晚上八点以后出摊。这时交通高峰期过去了，人们吃完晚饭了，妖精们也开始浪了，野馄饨便三三两两地开张营业。

我是特别喜欢吃烧烤的，以前却很少敢吃路边摊，总觉得不干净，吃出问题也找不着人。在青岛生活了这么多年，慢慢习惯了野馄饨。三五天不吃，反倒觉得少了些什么。以前离单位不远的路口，就有这么一家，摊主是两口子，三四十岁的样子。男的不爱说话，总是叼着一根烟；女的胖乎乎的，眼角皱纹不少。那段时间我们常常加班，每次结束都是深夜，大部分饭店已经关门，想吃点夜宵都无处可去。于是这个野馄饨摊，成了我们填饱肚子的地方。我特别爱吃他们家的烤骨髓，外焦里嫩，提前腌制，十

分入味，一口下去都不用咬，就可以直接滑到肚里去，非常好吃，我这么小胃的人，一次都可以吃个十串。

我们在这边吃了小半年，后来再没见过这家摊位，据说是被城管查了。然而野馄饨就像野草，哪里都找得到。后来朋友带我去了另外一家，这家主打烤茄子，把茄子提前用调料泡好，有人下单，立刻放在火炉上，隔着托盘烤，然后再撒上一层调味料，阵阵香味就出来了。朋友从来不吃茄子，可每次到了这家都会点上一个，还不准别人跟他抢。

还有一家骨汤馄饨也非常出名。店主号称青岛野馄饨之王，据说已经摆了十几年的摊了。这家晚上八点出摊，一直到深夜，几乎每时每刻都是桌桌爆满。你要是不提前去排位置，绝对吃不到。我第一次去时，看到炭炉边摆了两张大桌子，每张足有八人宽，上面摆满了各式烧烤。我当时还对朋友说："你看这家烧烤种类真丰富，两张桌子呢。"结果朋友告诉我，只有其中一张桌子上是卖

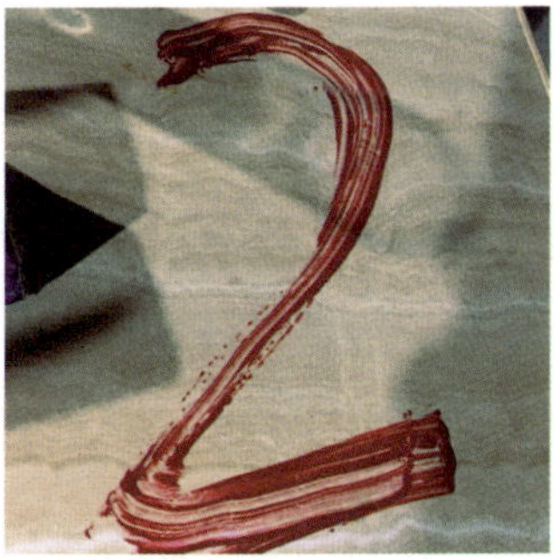

的烧烤，另外一张桌上，是人家点好，还没开始烤的串。

那天我们排了两个小时也没吃到，只好在附近一家摊位将就了。

其实每个人对烧烤的味道要求不同，这家野馄饨有没有它表现出来的那么好吃，见仁见智，不过平心而论，他家的大骨头确实不错。可能是提前炖了很久，放在碗里并不需要去啃，用筷子戳一下，那肉就自己掉下来了。汤汁非常入味，也特别鲜美，应该是加了独创的酱料。每只大骨头里都有骨髓，跟着汤一起吸进嘴里，特别过瘾。馄饨也好吃，是用骨头汤煮的，咬一口，肉馅混着汤汁在嘴里爆发，那滋味，会让你觉得排多久的队都值得。

这家野馄饨不仅受人欢迎，在狗界也非常火爆。我们每次去，都能碰到两三只膘肥体壮的大狗，也不谄媚，也不接近，就那么不远不近地卧着，直勾勾地盯着。有食客啃完骨头，招呼一声，把骨头丢过去，狗们也不抢，慢悠悠地过去闻闻，一个轮一个地叼走，也不知道把骨头带到哪里去了，过了一会儿再回来，又是嘴里空空地等着。

青岛人特别喜欢吃野馄饨，在摊位上，你能看到各种各样的人，有刚加完班的上班族，有散步途中被香味吸引过来的一家三口，有光膀子的文身大哥，还有开着超级豪车的阔少爷们。野馄饨没有屋顶，没有墙壁，也没有门槛，并不同饭店那样，靠装潢分出种种阶层，让你在门口就知难而退。你在这里，点的都是同样的菜，坐的都是一样的板凳，来晚了一样得在边上站着排队。

有个晚上，隔壁桌坐了一对儿情侣，两个人没点多少吃食，桌上全是啤酒，几乎都是男生一个人在喝。也不怎么交流，最后男生喝到烂醉，突然站起来，走了几步，大字形躺在地上。女生赶紧去拉，怎么拉也拉不起来。男生也不沉默了，不起来，不看人，只闭着眼睛大喊："分开就分开，谁离了谁不能活？"过会儿又喊："就不能给我一次机会吗？"女生也不劝了，蹲在一边看着他哭。后来有人去扶，女生招了辆车，对司机说了地址，并没有上车，站在那儿看着车开走，然后回到桌前，自己喝起了啤酒。

还有一次遇到几个文身大哥，个个膀大腰圆，左青龙右白虎，嘴里不干不净的。后来来了条野狗，又瘦又脏，毛都打结缠在一起，看不出颜色来，夹着尾巴，可怜兮兮的。这狗可能是饿极了，在各张桌前闻来闻去的，有烦狗的和爱干净的，看到它过来赶紧挥手赶走，这狗等了半天也没捞着一点油星，却又舍不得走。后来竟然壮着胆子，跑到那几个文身大哥身边坐下了。我们都以为它会挨几脚，没准还有一顿毒打。没想到其中一个大哥从碗里拿了一根还没啃的骨头，直接就递给了狗。然后被另外一个拦住，说："你这样给不行，那骨头上都是辣椒，狗吃了不好。”接着点了瓶矿泉水，用水冲了一遍，这才给了那条狗。一个一脸凶相随时可能砍人的大哥，用手拿着骨头，耐心地等着狗把肉吃完，再放在地上，然后继续说着脏话喝起了酒。

要说野馄饨的天敌，除了暴雨天气，应该就是城管了吧。新闻里常常会有城管彻夜查处野馄饨的报道，执法人员开着车，瞬间出现，瞬间将炉火熄灭，将炉具没收，桌椅搬走，只留下食材给摊户，剩下的都拉回去销毁。我们也遇到过几次这种检查，还没吃完呢，桌子就没了。一般大家就会各自回家，但也有坚持要吃完的。某次就有位大哥端着盘子，蹲在角落里一边看城管收炉子，一边把烧烤都吃了。不过摊主们也没太怕没收这件事，一套炉具的成本太低了，一百多块钱就可以置办一套，因此被查处没几天，野馄饨摊又会像烧不尽的野草，出现在原本的位置上。

所以要是有机会去青岛，除了餐厅里的海鲜，不妨在夜幕降临之后，去尝尝野馄饨吧。在这里，你可以看到更加真实的岛城生活。

小龙虾

很早以前，我是不吃小龙虾的。因为我妈告诉我，从前有个小孩，因为吃了小龙虾，脑子里长了虫子，第二天就死掉了。

我对此深信不疑，从此离小龙虾远远的，就怕它身体里的小虫子突然蹦出来，钻到我的脑袋里去。

后来我才发现，这只是我妈编来吓唬我的。按照她的说法，每次都有个倒霉孩子吃了不该吃的东西而死。从前有个小孩喝饮料，结果血液凝固，第二天就死了；从前有个小孩吃泡泡糖，结果卡在气管里憋死了；从前有个小孩吃臭豆腐，结果肝硬化，第二天就死了……也不知道我妈怎么能想出这么多方式，让这些倒霉的小孩惨死，搞得我从小听到大，现在看鬼片都没什么反应了。

第一次吃小龙虾是在济南。当时去那边考试，朋友带我去了当地一家特别有名的龙虾店。这家店十分破烂，位于一间平房之中，招牌是块破破烂烂的木头，要死不活地挂在那里。站在马路上，单看门头，你怎么也不会想到它是一家饭店。进了门，穿过一个走廊，才看到院子里摆满了桌椅。环境是极差的，等菜的过程中绝对不会无聊，因为要不停地轰走苍蝇。我一度怀疑朋友是想毒死我，直到小龙虾上桌。济南的小龙虾是泡在汤汁里的，各种调料放进锅里，熬出汤汁，就着小龙虾爆炒。端上来香气四溢，掰开一只，先把头里的汁水吮一吮，再吃龙虾尾，这一吃就停不下来。虽然油大，但无论吃多少都不会腻，有时累了，就着手套抓一把拌黄瓜吃，权当消食。

从此我爱上小龙虾，脑袋那么大的一盆龙虾，我自己可以吃两盆。后来养成习惯，每到一个城市，如果没什么吸引人的地方，除了看电影之外，必做的项目，便是吃当地的小龙虾。

合肥的小龙虾也十分好吃。跟济南不同，这里的小龙虾是干炒的，本身也入味，却没有那么重。配套上来的是调好的酱汁，可以自己选蘸不蘸。味道更香，蒜味重些，肉质则更有嚼头。济南是按盆买，合肥是按斤卖，有次在合肥，我们三个人，一共吃了六斤，还意犹未尽，恨不能再多点一些。

郑州的小龙虾口味很多，看了看菜单，有十三香、麻辣、原味、蒜蓉，甚至还有榴莲味儿的。除了可怕的榴莲味儿，每种我都想试试。最后选了麻辣和十三香。十三香入味，但我更偏爱麻辣，要比其他地方的都辣一些。最初吃还好，只有微微辣味，越吃，辣的感觉越明显，最后涕泪横流，却十分过瘾。可能是去的时间合适，感觉这里的小龙虾个头更大一些，肉质更加饱满。还有种吃法蛮特别，用油条蘸汤，当作主食来吃。怕油的看到这么吃，可能会吓昏过去。

上海当然也有小龙虾。我对上海的菜总有种偏见，少时吃过的本邦菜留下太大阴影，导致我总觉得上海菜都是甜的，腻得慌。然而在上海吃了两次小龙虾，味道出乎意料地好。招牌小龙虾与合肥类似，也是干炒，味道却更加浓郁。不需要酱汁，仅是配一碗醋。我是不吃醋的，就这样干吃，也赞不绝口。咸辣味里还是混入了一点甜，味道却不怪异，反而十分和谐。我这不吃甜咸口味的人，都很爱吃。还有一款咸蛋黄味的，也十分有特色。在虾壳的外面裹了一层咸鸭蛋黄之后再炒，吮吸的时候会有种蛋黄的香味，妙就妙在这蛋黄的味道并不仅仅存在于外壳，虾肉的部分，竟然也入了味。当然，上海的小龙虾也是最贵的，吃同样的分量，价格可是别处的两倍。

青岛的小龙虾也不错。最初是在野馄饨摊位上卖，因为这摊位在桥底下，吃的人多了，大家相传的时候会说在桥底吃龙虾，久而久之，名字就成了桥底龙虾，老板还用这名字注册了商标。桥底龙虾是有汤的，可以自己选择辣度。我觉得在味道上并不如合肥的香、济南的咸、上海的甜以及郑州的辣，但胜在肉质的鲜上。小龙虾就那么几种做法，好吃不好吃，就胜在鲜不鲜上了。活肉和死肉吃起来差别自然大，嚼起来干巴巴的，那就是不新鲜的；吃着有筋道的，那就是鲜的。

大理有小龙虾，湖南有小龙虾，好像全国各地一时间都可以吃到小龙虾了。就连某个洋快餐品牌，有段时间竟然也推出了小龙虾，只是谁会去快餐店吃小龙虾呢？感觉太别扭了。重庆和成都仿佛是没有小龙虾的，至少我没有发现过，不过想来也是正常，那边好吃的东西太多，一时间还轮不到小龙虾出场。

归属感

周围有这样的人：遇到什么热门话题，肯定要拿国外和国内比较一下，而且结果肯定是国外好，国内差。好像国外什么都是好的，国外的月亮那么圆，国外的狗拉的屁屁都是香的！

也遇到不少人问我出国留学的想法。前段时间就有个同事的儿子想出国，因为拿不准主意，这位大叔就来找我取经。我给他的建议是：如果是抱着留在国外定居的目的，那可以出去留学；如果以后还想回国，那么大可不必出去。

硕士毕业之后，我回国工作，时常有人一脸惋惜地问我："既然能出去，干吗还回来呀？"

那个，当然是因为我妈不让啊！老太太不让我念书，我自己又赚不出学费来，当然要乖乖回国了。不过我才不会那么实在呢，因此通常会给提问者仔细分析一下国内外的就业形势，本专业的薪酬差别，当然主要方向是贬低国外，力挺国内，最后总结，啊，还是国内好哇！

我在悉尼大学读了一个硕士，毕业之前，又申请了UTS的硕士学位，offer都拿到了，结果当年新西兰地震，把我妈吓坏了，连续一个月天天给我打国际长途，主题就是外面太危险了，让我赶紧打包行李回国，再也不准出去了。虽然我到现在也不明白，新西兰地震，跟澳大利亚有什么关系。

“你在国内哪个城市工作我不管，反正都是一张机票的事。你在国外就不一样了，有什么事根本找不到你！”我妈这么说。

说得好像去澳大利亚要坐火箭似的。

不过说实在的，即使没有我妈反对，我也不打算留在澳大利亚生活。再读一个学位之后，还是要回国发展。澳大利亚移民太麻烦了，除了凑够各种各样的移民分，你还得经历漫长的等待。我的一个房东Anita女士，毕业多年了，房子都买了，就是一直拿不到绿卡。等来等去，从水嫩的少女等成了老姑娘，天天下班回家拌着老干妈吃泡面。那边的生活节奏也特慢，讲好听点适合养老，其实就是无聊。除了上课、打工，基本没事可做。想逛个街吧，大牌买不起，潮牌根本没有，我毕业的那一年，当地才引入了一个中国五六年前就有的牌子。夜生活只有周末才有，形式单一，只能泡吧，工作日的晚上想喝酒，对不起，要么在超市买了回家喝，要么去中老年大叔的pub。

看病也特别麻烦，小病基本在药房解决，买点可以报销的药物。非得去医院不可的病，得提前几天预约，很少有人当天去能见到医生的。当然，紧急情况除外，要是昏倒在路边，被救护车送到医院，还是可以得到治疗的，只不过过后的花费可能会让人想死了算了。牙医尤其贵。我去读书之前，一个前辈就告诉我，千万要在国内把牙齿搞得利利索索、健健康康，否则会十分后悔。我非常听话，立刻去医院把蛀牙给补上了。没想到到了澳大利亚没过多久，被补上的那颗蛀牙疼了起来，整个脸肿了一圈。没办法，只得去附近的牙医诊所。那个一嘴白牙的韩国医生告诉我："你要是想暂时不疼呢，要花 400 澳元；你要是想永远不疼呢，就要花 1000 澳元。"我一听价钱，感觉心比牙还疼，犹豫了好一会儿，才决定做个暂时不疼的。结果医生只是把我的牙挖开，点了几滴药进去，400 澳元就没了。

治安也是个问题。总有人觉得国外治安特别好，路不拾遗的那种。相信这种话的人，真应该自己到澳大利亚去生活一段时间。刚入学的时候，就有人给我们讲课，路过学校附近的某个地区时，一定要小心，这个地区有许多原住民，其中一些很不友好。女的会找个借口跟你讨钱，男的则会上手抢。真遇到了，千万不要抵抗，给他们钱便是了。于是我兜里时常揣着 20 澳元，随时准备给出去，省得挨揍。钱财还是其次，生命和贞操有时候都要受威胁。不只是女生担心贞操，男生也有同样的苦恼。上学的两年时间里，我从无数人口中听了无数个版本的故事，故事的主角都是我们学校的学长，因为周末派对太 high，竟然自己晚上到公园里去喝酒，结果被几个壮汉侮辱，最后受伤进了医院。这些故事的结局里，有的是学长因为这件事被遣返了，也有说因祸得福，政

从前期待远方，

后来远方成了故乡。

府给了他一个身份的，还有的传他不堪侮辱自杀了……大家都说是自己的学长亲身遇见了这件事，可要详细问是哪个系的哪个学长，却没一个人说得上来。不过不管这事是真是假，在澳大利亚，夜间尽量不要出门是正确的。我每次上晚课，或是打工归来，都是尽量不一个人独处。要么乘坐公交车，要么跟人结伴，落单的时候，甚至会跑起来，生怕被人抓住。

然而这些并不是决定我回国发展的因素，虽然有种种不便，但这段留学生活对我来说，还是乐多于苦。我之所以想回国，最重要的原因，是没有归属感。国外再好，毕竟不是我家。就像去朋友家做客，对你再客气，也会觉得不自在。我觉得跟同龄人相比，自己已经是个很能适应环境的人了。从小学开始，人生的每个阶段，我都在不同的地方度过。刚上小学，从北方去了广东。小学毕业，又从广东回到东北。考高中，去外地寄宿。大学，又是不同的城市。在这些不同的地方，往往刚刚熟悉了周边的环境，认识了几个不错的朋友，又很快要离开，一切清零，重新来过。

在这个过程当中，我并没感觉到漂泊的凄凉。其他小朋友说着我听不懂的粤语时没感觉到，同学们三五成群，我独自回家时没感觉到，周末宿舍只剩我一人时没感觉到。而在我这里如此宝贵的凄凉感，却在澳大利亚的留学生活中汹涌而出。给寄宿家庭的小孩子过生日，看他们一家四口吹生日蜡烛的时候，我想回家；租约到期，一个人拎着大包小包的行李，舍不得打车，一站站走到新住处的时候，我想回家；过年用电脑看春晚的时候，我想回家；甚至在华人超市里看到一包酸菜，我都想回家。似乎在这大洋彼岸的每件东西，存在的意义都只是提醒我，自己是个异乡人。有时候半夜醒来，会突然想给自己几个大嘴巴子，怎么就放着国内好好的生活不过，非要出来遭这洋罪不可呢？而在清醒的时候，这份漂泊感会化作动力，让我更加努力：你看，我都这么惨了，不多学点东西回去，多么对不起自己。

不知不觉中，毕业回国，就业，买房，安定，八年过去了。一些留在澳大利亚的同学，现在大多安稳下来，有的事业有成，有的家庭美满。不得不说，他们确实要活得比我悠闲富裕。有时忙得一团糟，看到他们的近况，心里会有些羡慕。然而对于回国发展这件事，我一点都不后悔。

再好的生活，没有归属感，那也不是我的。

预知未来

年前一周，喉咙一直不舒服，有一天跟老妈聊天，竟然咳出血来。

顿时全家大乱。

我妈属于烟花爆竹型混乱，吓得说话都颠三倒四,一脸马上就要哭出来的表情，嚷嚷着带我去医院；我爸是不动声色型混乱，一边呵斥我妈瞎担心，安慰我没啥大事，一边把睡裤套在牛仔裤外面。

鸡飞狗跳地去医院做了检查，结果没什么大事，只是扁桃体出血了，溃疡养好消消炎，切掉就可以了。其实这就是个小手术，听说以前都不用住院，打个局部麻醉，拿刀唰唰两下就结束了。我的一个学医的朋友说，跟割包皮一样简单。

不是很高兴听到这样的类比。

不过据我小姨说，她割扁桃体时，连二十分钟都没用上，割完，医生摆摆手，就让她回家了。确实割扁桃体不是什么大事，哪怕现在医院硬性要求全身麻醉，住院观察五天，那也不大要紧。可对于父母来说，孩子身上就没有小毛病。我爸硬要我多走几家医院，多看几个医生，不要轻易动刀子。我妈则是换着法子给我补营养，什么大枣红糖枸杞水，什么冰糖雪梨川贝，什么海参小米粥，一天三餐之外，还有两顿加餐，那段时间往我包里倒点水，什么都不用加就可以炖出一锅十全大补汤来，补得我硬是胖了四斤。

后来也没动手术，莫名其妙地就好了。

到了这个年龄很怕得病，不是怕死，而是怕父母受不了。想起之前也生过一次病，整个食管都疼，吞咽不下东西，喝口粥都跟针扎似的。不知从谁那里听说，这可能是食管癌的前兆，吓得我浑身发凉，整夜整夜睡不着。那段时间天天精神恍惚，白天工作时跟丢了魂似的，心里想的是我要是真出了什么事，爸妈可怎么办。于是查了一堆资料，看类似的病情还有多久好活，又看了看存款，少得可怜。于是对死的恐惧马上被对父母的担心给压了过去，也不消极了，反而偷偷去医院检查，想争取多活几年，给父母多留点东西。

我以为自己瞒得天衣无缝，直到有天早晨看到我爸一边给我熬粥一边掉眼泪，瞬间心疼死了。好在后来检查结果并无大碍，总算放下心来。

小时候看动画片，特别想有个哆啦 A 梦的时光机，这样就可以到未来去，看看自己以后是个什么样子。长大以后还是很想预知未来，很多事情，都想提前有个准备。然而生了几场病后，对于未来却有点恐惧了。我常常在想，如果一个人得知自己只能再活十年，会是什么样的心情呢？十年听起来挺长，实际上转瞬即逝，从毕业到工作，好像没多久，却耗费了十年的工夫。第一本书写了三年，十年的时间顶多可以再出三本。每年赚十万，不吃不喝，十年也只能存一百万，这一百万还买不到大城市里的一间厕所，怎么能够给父母养老呢？

如果只能活十年，那在这不算长的临终时间里，能干点什么呢？

周边的朋友基本分两种。一种是“今朝有酒今朝醉，管他明天死不死”型。反正活不长了，赶紧把想做的事都给做了，以前舍不得买的包，买了！怕胖不敢吃的饭，吃了！害羞不敢追的人，上了！不给自己留任何遗憾。看过这么一个段子，一个哥们儿确诊绝症，医生告诉他顶多再活十年，于是这哥们儿使劲儿花钱，使劲儿享受，结果十年后钱花完了，人还没死。

惨！

另一种是“反正我就快死了，一切都没意义了”型，无时无刻不在担惊受怕，感觉自己分分秒秒都会离开这个世界。就像跟死亡躲猫猫，心惊胆战地躲在角落里，看它一次次擦身而过。这样的恐慌会造成两种后果：一种是这个人就是个废人了，觉得反正干什么都是白费，心灰意冷，随时等死；还有一种人则会奋发图强，想在离开之前多留下一些东西。我觉得自己是后一种人，我也希望自己是后一种人。

这么一想，未来还是待在未来就好，潘多拉的魔盒最好不要打开，我也不想用时光机偷窥下期的彩票了。这样活着就挺好，不必为生命倒计时，不必错过眼前的风景。很多事情，眼不见心不烦，“自欺欺人”最快乐。

香水

我爱喷香水。对一些人来说，这是种不能理解、无法原谅的习惯。日常听到的声音大抵有以下几种：一是香水是女人喷的，男人喷好变态；二是香水是 gay 喷的，直男喷好变态；三是香水是外国人喷的，中国男人喷好变态。

我发现说这些话的人，十有八九数天不换衣服，鼻毛外露，头皮满肩，充满了自我陶醉的男人味，隔十里之外都能闻着。与其被这样的体味臭死，我宁可被香水熏死。

出国之后，我才有了第一瓶香水。当时朋友在追星，喜欢的偶像用这款香水，于是在我生日的时候，她便买来送我。香水瓶简洁又好看，名字也十分好听，叫周末。前调有柠檬和橘子混合的味道，时间久了，又变成淡淡的甜味，感觉很清爽，就像是过周末般惬意。那时候我在澳大利亚读书，太阳猛烈得很，上课之前或者打工之前，喷点香水，感觉整个人都清凉起来。

后来便一直用这款，直到朋友换了个偶像，我也跟着换成了这位新偶像使用的香水。同样有橘子味道，却更加冷冽。瓶身是绿色，喷在身上，像剥开一个橘子后，汁水漫延在空气里的味道。

这款橘绿清泉也用了很久。

随后毕业、工作，经历了许多事，认识了许多人，香水也陆续换了很多种。有时喜欢花香调，有时喜欢木质调，最近喜欢的则是果香调。对于香水，我始终没有太深入地研究，却逐渐学会挑选自己中意的味道。别人推荐的，始终是别人推荐的，我可以去欣赏，但做不到挚爱。只有自己选的，用起来才觉得贴心满意。

然而我一个大老爷们儿，又不能整天去香水柜台上一款款地试香，于是很多香水，其实是在旅途中无意间邂逅的。比如去年在意大利，陪朋友买TOM FORD，虽然也被推荐买了两款，却总觉得有点不满意。直到路过某个专柜，在众多香水味道中，唯独被一款吸引，不依不饶地顺味寻找，最终找到了一款杏仁儿味的真爱。又比如在曼谷逛街，走出老远，忽然隐约闻到一阵甜味，既有西瓜的清甜，也有奶糖的香甜，环顾四周也没找到香水专卖店，便把附近的香都试了一遍，最后还真被我找到了！

现在家里有十几瓶香水，有朋友送的，有自己买的。有人很不理解，问我：“你买那么多香水，用得完吗？”我反问他：“你看女人那么多支口红，有哪一支是用完的？”

如果说最初喷香水是不想浪费朋友的心意，那么后来自己买的那些香水，则是为了吸引别人的注意了。那时的想法是，既然没有让人一见倾心的外貌，至少可以凭借一种独特的味道，给自己欣赏的人留下深刻印象。因此有一段时间，所用的香水都十分大众，说直白点，就是烂大街了。没办法，谁叫所谓的斩男香啊，回头香啊，都是别人推荐的，大家都在推荐，自然用的人就多了。

过了发春的年龄，工作以后，用香水则更多的是为了证明自己的存在感，不至于被人小瞧了。记得有次在电梯里遇到一位对手，身上的香水味儿远飘万里，似乎可以绕着地球飞十圈，自己身上的香水味儿顿时被盖住了，人家走了，味道却一直留在身上，回家之后还能闻得到。于是十分不服气，第二天硬是用了一款味道更加浓郁的，早晨出门时像是洗了个香水澡，几乎把自己熏死在屋里。结果当然是大胜，可代价就是一天都被熏得头昏脑涨。

如果现在问我为什么喷香水，我会回答，为了自己开心。越长大，就越觉得人是应该为自己而活的。在青春的年纪里，有太多的时间浪费在莫名其妙的追逐上，眼光都放在别人那里，却忽视了自己的快乐。有多久没有听自己喜欢的歌，看自己喜欢的书，喷自己喜欢的香水了？最终你会发现，那些曾经觉得重要的追求，大都抵不过时间的洪流，最终变得面目全非。用不了几十年，仅几年后你再回头看，一定会觉得曾经的自己是那么愚蠢，怎么会那么没有眼光呢？

剩下的时间里，只想取悦自己。

以前在单位喷香水，如果有同事表示刺鼻，不能接受，味道很怪，我便会悄悄换掉，或者少喷一些。现在，即使有人被我的香水味儿熏倒，我也不会因此做出改变。选择什么味道，喷多少在身上，是我的自由，若是不喜欢，远离我便是。而我慢慢发现，坚持了自己的喜好之后，持反对意见的人反倒少了。

我现在依然每天喷香水，味道视心情而定。有时是颗甜蜜的西瓜，有时是颗冰凉的橙子，有时是清爽的少年，有时是四十多岁没有性生活的老女人。而不管哪一款，都是我自己选择，我自己喜欢的。

相对于喷在耳后，我一直觉得喷在手腕，才是香水正确的使用方法。颈部适合留给他人暧昧，手腕才属于自己，抬起手，便可以欣赏自我的味道。

喷香水从来都不是为了取悦别人，
需要讨好的，
永远只有自己。

特

“你这孩子怎么这么特呢？”我妈常这么说我。“特”是我们那里的一句土话，意思是一个人孤僻、傲慢、不合群。说你特，等于说你是个不讨人喜欢的怪胎。

我确实挺特的。

小时候身体差，三天两头得去医院，于是大人不敢让我出门。不上幼儿园的时候，我妈就在炕上用被子给我围起一道墙，放几本小人书，再放点吃的喝的，保证我的基本需求，然后她就可以放心去上班了。除了去尿尿拉屁屁，其他时间我都会在这个小圈子里活动。

小学的时候去了广东，刚去的时候语言不通，周围的小孩子全说粤语，老师讲课也不讲普通话，一句都听不懂。记得那时候北方人在当地不是很受欢迎，当地人叫我们“北佬”，所以我自然成了“小北佬”。小孩子的恶意来得单纯又直接，不会像电影、小说里那么夸张，被塞进马桶或者扒光了吃屎之类的，只是群体性的孤立，走在学校里，总有人当你是只从动物园跑出来的猴子。好在我心大，有没有人一起玩都无所谓，上学听大书，放学自己跟自己玩。那时候一天的零花钱是五块钱，早晨用一块钱买了早饭，省下四块钱，可以买一本漫画书。我家现在还有全套的《哆啦Ａ梦》，就是那时候一本本买回来的。

初中回到北方，高中又到另一个城市念封闭式学校，大学到了哈尔滨。在宿舍里，床位是门口的上铺，我弄了一个十厘米厚的床垫，同寝的老二一米八七，想看到我还得踮着脚。后来又装了蚊帐，彻底与世隔绝。他们跟我开玩笑："一起住了一年多，都没记住你长啥样。"后来自己在外面租房子，在学校附近的教师家属楼，七楼顶层，两室一厅，只有我自己。上课时步行到教室，要穿过操场，走二十分钟的路。冬天在家里洗了头，到教室就冻成赛亚人了。

本科毕业去了澳大利亚，然后毕业，回国找工作，一直一个人生活。微博上说，孤独的最高境界，是一个人去电影院看电影。我嗤之以鼻。这算什么啊？我还一个人去医院做胃镜呢。一个人上下班，一个人吃饭，一个人看电影，一个人去旅行，我没什么不习惯的，孤独是种享受，可总会有人露出怜悯的眼神。

他们说："你该找个伴儿了，这样下去不行的。"

两个人生活是挺好的，家里会热闹许多。一人做饭一人洗碗，头抵着头看电影，黑暗里的悄悄话，睁开眼时的睡颜。可是现在，我更喜欢一个人生活。因为目前还没有那么一个人，让我喜欢到

其实被暗恋的人是无辜的，

有错的是那些明知会被辜负，

还是义无反顾付出感情的人。

就像太阳下的雨伞，

夏季里的棉衣，

多余又讨人嫌。

可以放弃独处。

有个长辈跟我妈说："你们家的小 × 好像有点孤僻。" Excuse me？我这不叫孤僻，这叫有个特立独行的灵魂。

一个人久了，的确会讨厌交际。下了班，哪里都不想去，只想在家里宅着。哪怕什么都不做，也是舒服的。有同事跟我说，我看起来像是夜生活十分丰富的人，感觉每天都会醉酒到天亮。实际上，如果没人逼我出门，我可能会烂在家里。有时候收到电话或短信，会假装没有看到。在休息的时候说一句话，都感觉非常麻烦。

这么一想，我确实很特。有个人喜欢我，早、中、晚按时给我发短信：起床了吗？吃饭了吗？睡觉了吗？本来挺有好感，这么一来，吓得我赶紧拖黑了。对于自己喜欢的人也是这样，我要是喜欢谁，才不会想去主动接近人家，恨不得离得远远的。

身边有些朋友，天生为爱痴狂。谈起恋爱来，简直是个赌徒，把自己的一切都押上，想赢个幸福的结果。这点我真的做不到，再喜欢一个人，也很难全部付出。总要在心里偷偷放个箱子，给自己留点时间和空间。这点我就非常佩服我的朋友小明。作为一个男性双鱼座，这家伙不仅不渣，还是我见过的世间少有的痴情男子。认识他的人，无一不打心眼里佩服地说："小明真是个好男人，小明的媳妇儿太幸运啦！"对他来说，媳妇儿就是太阳，自己的人生就是围着她转。工作，是为了赚钱养活媳妇儿；休息，是为了陪媳妇儿出去玩；买车，是为了接送媳妇儿上下班；理发，是为了媳妇儿看着顺眼。说实在的，我特别羡慕小明，能这么投入地去爱一个人，把日子过得有滋有味。不像我，不像我们，总把生活当演戏，那么浮夸地活着。

然而羡慕归羡慕，我可能永远都不会那么投入地喜欢一个人。因为我“特”了太久，没办法变得合群起来了。好在我已经习惯了这样的“特”，“特”得开心，“特”得快乐。

有人说孤独是大雨天，周围的人都打伞，你浑身湿透地走在大街上。可你怎么知道，那个浑身湿透的我，不是在享受淋雨的快乐呢？

心理阴影

最近公司要搞个庆典，想找些俊男美女拍祝福视频，在年会上播放。领导找到了同事大飞，想让她也出个镜。大飞却拒绝了。

“为什么呀？”领导问。

“因为我害怕。”大飞说。

大飞在我们部门，乃至我们单位，都算个人物。门口刚来的保安小哥，或许不认识中层领导，但一定会认识我们单位最大的BOSS，还有大飞。大飞资历很老，能力出众，长得很漂亮，十分像关之琳，品位也一流，身上穿的衣服，拎的包，用的香水，全是我们听都没听过的牌子。不是那种昂贵得疏远，是那种有品位的小众。就连看电影，她都跟别人不一样，我觉得自己就很小众了，最多看个什么法国电影，人家直接看越南电影去了。

虽然大飞是个女孩子，但大家都习惯性地叫她飞哥。不是因为她气质糙，而是因为她的脾气。火暴，心直口快，据理力争，自尊心又强，谁要是惹了她，绝对是吃不了兜着走。带着勇敢的性子，飞哥几乎走遍了全世界，每年，都会给自己安排两次旅行。当然，去的自然不会是什么丽江啊、九寨沟之类的国内景点，而是去西班牙、土耳其、哥本哈根，她还自己去了冰岛自驾游，我估计当地的野熊都不敢袭击她。

就这样一个彪悍又漂亮的女子，你说她能害怕什么呢？

“我害怕面对镜头。”飞哥说。

高中的时候，飞哥参加了一场公开演讲赛，演讲到一半的时候忘词了。当时台下有许多观众，还有来录像的摄影师，在镜头前，在众目睽睽之下，飞哥支支吾吾了半天，最终落荒而逃。她说，这是一辈子最耻辱的时刻，也因此落下了心理阴影。剧毒蜘蛛也好，妖魔鬼怪也好，她都可以坦然面对，唯独面对镜头不行。

“只要一面对镜头，我就好像回到那时候，仿佛看到那个在台上，在众人面前被扒光了的自己。”飞哥说。

好像每个人或多或少都会有些心理阴影，不是有句老话叫“一朝被蛇咬，十年怕井绳”吗？穷过的人会特别珍惜钱财，被渣男伤害过的女孩会不再轻易去爱。很多电影里都有类似的角色，因为一场严重的精神伤害，导致以后再不能讲话。这也算心理阴影吧？

我认识一个特别壮硕的大哥，五大三粗，看起来像是铅球运动员。这大哥胆子大，性子也豪爽，大块吃肉，大口喝酒，打架都冲在前面。这么一条钢铁大汉，竟然怕狗。而且不只是那种藏獒、黑贝，就连平时小姑娘怀里抱着的小泰迪、小柯基，都能把他吓得直哆嗦。你能想象一个大汉被一条迷你犬吓到脸色发白、一动不动的样子吗？那画面可不怎么美观。大哥说，他小时候被狗咬过，而且咬得特别严重，几乎掉了肉的那种，从此见到狗就害怕。

我这种纤细的男孩子当然也有心理阴影了，不然怎么赶得上潮流？

大学之后，我就没在家以外的地方只穿短裤。哪怕是最热的三伏天，我也一定是长裤，绝对不把腿露出来。可能是发育的问题，我的腿一直很细，还没正常男生的手腕粗。小的时候大家都没发育，看起来没什么差别，随着年岁增长，周围的同龄人都有了男人的样子，以前和我一般精瘦的，也都壮了起来，而我的小胳膊小腿还是一样细，好像一撅就断了。以前倒没觉出不妥来，直到大一有次跟同学们出去逛街，穿了一条短裤。吃饭等位的时候，有几个中年人就站在旁边，大声地讨论着我。什么你看，那腿也太细了，不会有什么毛病之类的话。其实就几分钟的时间，他们就走了，但那短短的几句话我怎么都忘不掉。明明周围没有其他人注意到，但我偏偏有种被扒光了丢在舞台上的耻辱感。那天我连饭都没吃完就匆匆跑回学校，从那以后，再也没有只穿短裤。

除此之外，还有一些小小的心理阴影，说出来都不是什么大事。比如小学因为不会系鞋带被老师罚站啊，表白被拒还被当众羞辱啊，在暗恋对象面前一头撞到门啊……这些身体或心灵上的伤害，总会多多少少造成心理阴影。好在并不严重，它们随着时间流逝而被忘却。所以有的时候，忘性大也是个优点，至少当时让你觉得痛彻心扉的伤害，过不了几天，就会被忘得一干二净。就像一部当时让人落泪的老电影，想回忆情节，却发现场景一片模糊。

电影《海边的曼彻斯特》里，主角的一次疏忽，导致火灾发生，造成了三个孩子丧生。几年后，因为哥哥去世，他不得不回到这个城市，试着忘掉一切，照顾自己的侄子。然而相似的环境，偶遇的故人，每次见到，都会让他想起曾经的伤害。最终，主角只能再次离开，去远方遗忘。我对这部片子既喜欢又讨厌。喜欢它的真实，没有上演“主角被纯真的侄子治愈，试着重新与人交往，最终忘掉一切，还找到了真爱并被旧爱祝福”这样的戏码，也讨厌它的真实，有些伤害，留下的阴影是一辈子的，再灿烂的阳光，也无法将它驱散。

幸运的是，我遇到的那些伤害，现在想起来其实并不算什么。那些因此造成的心理阴影，也早就可有可无了。当然，我还是不爱只穿短裤，这么多年，腿都捂白了，这么一双美腿，我怎么舍得给别人看呢？

贫穷让人哀伤

我发现，世界上所有的矛盾，归根结底都是因为钱。

两口子为了柴米油盐拌嘴，兄弟间为了父母赡养头破血流，父母子女因为去哪儿工作吵破了天，这不都是因为钱吗？就连情侣间的闹别扭也是因为钱。逛街时女生看到喜欢的东西，男生却不想买，于是争吵产生了。如果有钱，矛盾就可以避免。女生有钱，还管男生说什么啊？老娘喜欢老娘就自己买。男生有钱，直接掏钱给女生买了，还叨叨什么喜欢不喜欢啊？

有人说，不是所有的矛盾都是能用钱解决的。好啊，那你举个例子，什么样的矛盾，是不能用钱解决的呢？我觉得是没有的。生病了吃药，孩子上学，毕业后去哪儿，这些，用钱都可以解决。当然啦，穷人的矛盾和富人的矛盾不尽相同，所需要的金钱数量也不一样。有钱人的矛盾，总是更高级些。

然而这个世界上，有钱人毕竟是少数，大多数人还是过着贫困的生活，过着每天朝九晚五，月初狂欢、月底吃土的生活。橱窗里买不起的东西照样很多，心里装满了还不起的账单。

你最穷的时候，是什么样子呢？

我妈给我讲了她小时候的事。姥姥家一共六个孩子，加上姥爷姥姥，八口人挤在一间十多平方米的小房子里。炕上睡不了那么多人，有的孩子睡到地上去，有的孩子睡在衣柜上，还有的趁天气暖和一点的时候，干脆睡到了屋顶上。新衣服是没有的，大的穿父母剩的，小的穿大的穿不上的，缝缝补补接着穿。我妈说，冬天的时候，我小姨还穿着开裆裤呢。吃饺子就跟过年似的，每个孩子都不要命地吃，吃慢一点就没了。有次烙饼，一个舅舅为了多吃点，偷偷把一张饼藏到了炕底下，后来把这事给忘了，等想起来的时候，饼已经馊了。为此，这个舅舅还哭了一场。

后来我妈上了技校，每个月开一点工资，全部拿来补贴家用。买不起奶粉，就买麦乳精给几个弟妹吃。那时候跟她一个寝室的同学，家里比较富裕，每次回家都会带很多好吃的来。最让人眼馋的是家里给炸的蚕蛹，撒上一层盐，特别香。每当这个同学吃起蚕蛹时，我妈都馋得不得了。直到现在她老人家都特别爱吃蚕蛹，煎炸蒸煮，怎么都能吃一盘。

我小时候，家里也挺穷的。有一年家里遭了贼，把唯一的熊猫彩电给偷走了，一时之间又没钱买新的，那段时间我只好天天扒在邻居家的窗台上看电视。结果有一天邻居家的熊孩子把窗帘给拉上了，气得我哭着跑回了家。那时候《七龙珠》刚刚引进中国，我记得是吉美出版社的，1.9元一本。楼上的孩子比较富裕，基本上买齐了，我就一本一本借来看。我看的时候可小心了，都不敢对着书喘气，生怕弄脏了，以后人家不借给我了。后来那孩子果然不借给我了，给他买冰棍儿都不行，说跟他一起看，他来翻页我不碰也不行，害得我最后几本一直没看到。

老爸老妈去外面创业那段时间，可能是我最苦的时候了吧。以前家里虽然不富裕，但是基本的衣食住行还是可以满足的。老爸老妈不在身边，姥姥虽然疼我，但没有收入来源，日子很不好过。夏天我只有一条裤子，是老妈出门之前，花了九十块钱给我买的，米黄色，丝绸的料子，很舒服。我通常是当天晚上就把它洗出来晾干，第二天接着穿。没想到有一天，这条裤子被椅子刚出一条大口子，正好在屁股的位置。缝又缝不上，扔了又舍不得。我想了个办法，用透明胶布从里面粘上，每天换一次胶布，这样不仔细看就看不出来了。这条破裤子，我整整穿了一个夏天。

想起以前的苦日子，也不是没有好处的，至少它让我更加珍惜现在拥有的。每当我看着衣橱里不再喜欢的衣服，或者发现露了脚指头的袜子，想把它们丢进垃圾桶的时候，那条穿了一个暑假，粘着胶带的黄裤子就会浮现在眼前。于是我只好放弃了舍的念头，把这些或许永远都不会再次穿上的物件整理到角落里去。现在生活好了，有了工作，收入稳定，不用再穿破洞的裤子，也不用再舍弃尊严去乞求别人施舍些什么，然而还是时不时地觉得自己穷。没办法，想要的东西太多，赚的钱却太少啦。好不容易得到了，却又想要更高级的，人的欲望永远没有满足的时候。

小的时候，看同桌吃巧克力，便对她吹牛，我家的阳台里堆满了巧克力和糖果。某天这个小胖妞儿突然杀到我家，冲进阳台，却发现里面只有几棵干掉的大葱。她那种“我就知道你是骗子”的表情，直到现在我还记得。如果可以回到过去，我一定要对小小的自己说，不要羡慕别人拥有的，坦然接受自己的贫穷吧。

唉！贫穷真叫人哀伤。

话语权

电影《爱乐之城》的片头，迷人的女明星到女主打工的星巴克买咖啡。不用开口，服务生熟知她的口味，收银员不收她钱，店里店外，男的女的，所有人的艳羡目光均集中在她身上。《穿普拉达的女王》里，时尚总编米兰达一出场，所有人都要围着她转。她说 Yes，世界就是 Yes；她说 No，世界就是 No，没有任何反驳的余地。

当然，这两部电影的结局，女主角都成了自己心中闪亮的样子。然而生活可没有那么美好，更多人的人生，还停留在电影开头。

在微博上看到这样一句话，深有感触：你没有耀眼的未来，谁会愿意听你悲惨的过去？

不管在哪里都是一样的，不够闪耀的人，就没有话语权。小时候，大家都爱跟有好玩具的小朋友一起玩。长大了，那些特别优秀，长得好看的人，才是受欢迎的对象。在某个方面特别优秀的人，总是容易让人尊重。而那些没有什么特长的人，只是青春故事中的壁花。生活又不是少年漫画，可以让平凡无奇的主角在某一天，突然得到改变人生的能力，从此走上蝶变之路；也不是校园偶像剧，会遇到家世开挂的金大腿朋友，保护你，改变你，让你焕然一新。更多的人，一辈子平平无奇，直到老去。

前段日子看了一档演讲类节目，过气歌手上台讲述自己被欺负的经历。说实在的，这位歌手的表达能力确实不好，可胜在真情实感，她的遭遇的确让人同情。然而她还没讲完，一个评委便按下了红灯。如果仅是表示淘汰，这个评委并没有什么错误，可在镜头扫过的时候，这个评委竟然翻了个硕大无比的白眼。当然，事后有人解释，这是节目剪辑的问题，其实那个大白眼，是翻给那些欺负女歌手的人的。可在那样一个时间点，在按下红灯后的一瞬间，翻了那么明显的一个白眼，到底是什么意思，相信只有这个评委自己知道吧。

在那个时候，我就觉得，真的是人微言轻啊！如果演讲的歌手没有过气，坐拥千万粉丝，那个评委，还会翻这个白眼吗？

娱乐圈跟红顶白，很多综艺节目里，不红的人要么没有镜头，要么被欺负。生活里又何尝不是这样呢？

我有偏头痛，有阵子特别严重，疼起来两眼冒金星，有时还会呕吐。跟朋友们说起，大家都带着一种“这家伙一定活不长了”的表情劝我：“应该不是大病，但还是去看看吧。”“与其疼着，不如早点儿治疗。”被说多了，难免会害怕，我决定去医院做个彻底检查。可一想到请假，头又疼得更厉害了。我的单位哪点都好，唯独请假，是员工的明月光，领导的眼中刺。每次请假之前，都要斟酌又斟酌，忐忑再忐忑。我写了几页草稿，对着镜子练习了好几遍，这才战战兢兢地走进了办公室。果不其然，本来满脸慈祥的领导听到“请假一天”，一秒变脸。我还没说完自己的症状就被打断：“最近快放假了，本来人手就少，你请假了，对同事们公平吗？”我挣扎着说了自己的病情，老板又说：“年纪轻轻的哪有那么多病？挺一挺不就过去了吗？我年轻的时候啊……”

被如此这般地教诲了近二十分钟，我才被放了出来。虽说假请到了，病也顺利看了，心里却很不舒服：我的命就这么不值钱吗？同样是生病请假，怎么同事 B 发烧，就可以请一周的假，回来之后，领导还过去嘘寒问暖的，恨不得让她再多休息几天。

同样是人，差别就是这么大。在单位，我是个毫不起眼的小虾米，没有背景，也没什么亮眼的成绩，常常被人忽视，并且不被尊重。有许多同事，迎面走来的时候，即便我打了招呼，他们也当作没听到一般，与我擦身而过。有天夜里，一个不怎么熟悉的同事突然打来电话，让我帮忙联系业务。哪怕打扰了我休息，人家一句客套话也没说，直奔主题，联系好之后连句“谢谢”都没有就挂掉了电话，仿佛我是他的下属，理应为他服务一般。还有个领导，总以为我很想红，每次有抛头露面的机会，就会对我说：“小 × 啊，你好好干，没准这次能把你捧成网红啦。”其实我知道，她很看不起我，觉得我没有资格去做这些事情。哪怕我跟她解释过很多次，我并不想要这样的机会，我并不想“红”，她还是觉得我是个想成为“网红”的男子。甚至很多时候，故意安排我去做某些工作再临时反悔，就为了看我从惊喜到失望的样子。

我真的很想对这个领导说，你看不起我却假装看得起我的样子，真的很好笑。如今，我已经是网红了，谢谢。

当然啦，我失去话语权的原因是自己受虐倾向发作，非要在单位扮演受气包不可，品尝扮猪吃老虎的滋味。别人抢走了属于你的权利时，一定要勇敢地夺回来。如果暂时没有话语权，不要着急，努力提升自己，让自己成为不可代替的人。这样即使没有背景，也不会被人轻视。

尾声

◆ 骄傲的孔雀不会孤单

你们好吗，我亲爱的朋友们？

最近的生活不太顺利，天气闷热，工作繁忙，喜欢的人不喜欢我。

好多好多的事情憋在心里，想找人说说，却不知道该如何表达。我不喜欢分享难过，虽然你们总说，世界上没有一直阳光的人，喜欢我自然会接受我的阴暗面。可我总是担心，习惯了我积极一面的你们，会不会嫌弃我突然之间释放出来的负能量呢？

拥有得太少，对手中的东西就会格外珍惜。

去了一家酒吧，老板十分任性，拒绝提供酒单。想喝什么味道，他为你量身调制。因为酒太好喝了，我便多喝了几杯。

因此有点醉了。

许多话，平时说出来很矫情，若是由一个醉鬼来说，是不是就自然得多？

我不是个讨人喜欢的人，我知道。我任性妄为，沉默寡言，不懂看人眼色，我知道。我的领导和同事都不怎么喜欢我，我知道。

但我不在乎。

因为我有你们的喜欢，这就够了。

工作是舞台，我的角色是龙套。

小情绪是留给喜欢的人的。

你们总说我改变了你们，治愈了你们。实际上，被改变和治愈的人是我。

我是一朵没人在意的野花，被你们用喜欢浇灌长大。

我所有小小的美好，都只愿意为你们展示。

我喜欢孔雀。

他们说我就像孔雀一样骄傲自大。

我同意，我愿意。

我是只骄傲的孔雀，骄傲的孔雀不会孤单。

你们看，我要开屏了。

给所有爱我的人，

谢谢你们一直在我身边。

图书在版编目（CIP）数据

陪你到时光深处 / 吉诺著. —北京：北京燕山出版社, 2018.5

ISBN 978-7-5402-5129-1

Ⅰ. ①陪… Ⅱ. ①吉… Ⅲ. ①散文集—中国—当代 Ⅳ. ①I267

中国版本图书馆CIP数据核字(2018)第094012号

陪你到时光深处

作　　者：吉　诺
责任编辑：李瑞芳　刘朝霞
封面设计：仙　境
出版发行：北京燕山出版社有限公司
社　　址：北京市西城区陶然亭路 53 号
邮　　编：100054
电话传真：86-10-65240430
印　　刷：北京市雅迪彩色印刷有限公司
开　　本：880mm × 1230mm　1/32
字　　数：162千字
印　　张：8.25
版　　次：2018 年 6月北京第 1 版
印　　次：2018 年 6月北京第 1 次印刷
书　　号：ISBN 978-7-5402-5129-1
定　　价：42.80元
